严歌苓作品

GELIN YAN
WORKS

花儿与少年

HUA ER YU SHAO NIAN

北京联合出版公司
Beijing United Publishing Co.,Ltd.

图书在版编目（CIP）数据

花儿与少年 / （美）严歌苓著. -- 北京 ：北京联合
出版公司，2018.6
（严歌苓作品集）
ISBN 978-7-5596-1674-6

Ⅰ．①花… Ⅱ．①严… Ⅲ．①长篇小说－美国－现代
Ⅳ．①I712.45

中国版本图书馆CIP数据核字(2018)第024502号

花儿与少年

作　　者：严歌苓
出版统筹：新华先锋
出版策划：新睿世纪
选题策划：木易雨田
责任编辑：牛炜征
特约编辑：宋亚荟
封面设计：王　鑫
版式设计：朱明月
营销统筹：章艳芬

北京联合出版公司出版
（北京市西城区德外大街83号楼9层　100088）
三河市春园印刷有限公司印刷　新华书店经销
109千字　620毫米×889毫米　1/32　7.5印张
2018年6月第1版　2018年6月第1次印刷
ISBN 978-7-5596-1674-6
定价：59.00元

严歌苓

Hua Er Yu Shao Nian

严歌苓

花儿与少年

一

徐晚江心想，死也得超过这个，省得他老回头对她挤眉弄眼。

这人至少一米九的个儿。二十五岁，或更年轻些。晚江断定他不比九华年长多少。她紧咬上去，与他之间仅差五米。不久，四米，三米。她已超过了一个四十岁的红发男人和一对女同性恋。海水正蓝，所有长跑者都被晚江杀下去。只耗剩了"一九〇"。

她的两条腿非常优秀。谁若有稍好的眼力，会马上识破：这是两条被从小毁了又被重塑的芭蕾舞腿。

"一九〇"又一次回头。他向晚江眨动一下左眼，飞快一笑。他的五官猛一走样。晚江知道，她自己的面容也是忽丑忽美。每个长跑者的面孔都是瞬间这样、瞬间那样，飘忽无定。

只差两米了。晚江拿出当年上弹板助跑的速度。"一九〇"听着她柔韧的足掌起、落，起、落。他认为不妨再给一个勾引的微笑。谁让她找死？她这样死追他，不就是猎物追猎手吗？不如再进一步逗逗她——他让她超了过去。

　　现在是猎人追兔子了。晚江想，这下你别想再往我胸脯上看，变相吃我豆腐。

　　"一九○"总算领教了晚江的实力。他动真格的了，撒开蹄子狂奔，打着响鼻，碗口粗的喘息吹在晚江后脑勺上。晚江绝不能让他追上来，跟她并肩前进。那样瀚夫瑞会误会他年轻的妻子和"一九○"的金发青年勾搭上了。

　　前方是那个古炮台。转过弯后，就彻底安全了。瀚夫瑞即便用望远镜，也休想继续盯梢。晚江只能用长跑甩掉瀚夫瑞，否则他可以全职看守她，他把它看成两情相守。十年前，他把晚江娶过太平洋，娶进他那所大屋，他与她便从此形影不离。他在迎娶她之前办妥退休手续，就为了寸步不离地与她厮守。晚江年少他三十岁，有时她半夜让台灯的光亮弄醒，见老瀚夫瑞正多愁善感地端详她。如同不时点数钞票的守财奴，他得一再证实自己的幸运。

　　此后，瀚夫瑞果真说话算话：跟着晚江上成人学校，她学英文，他修西班牙文、修音乐史、美术欣赏、瑜伽，有什么他修什么，只要他能和晚江同进同出。他一生恶狠狠工作、恶狠狠投资存钱，同时将大把时间储下，多少钟点、多少分秒花销在晚江身上，都花得起。何况他认为晚江疑点颇大，甚至有"前科"。"前科"发生在进成人学校第二周，晚江班上的老师临时有急事，晚江就给同班的墨西哥小伙子约到咖啡室去了。等瀚夫瑞心如火焚地找着她时，那墨西哥小老乡着迷地盯着晚江跟瀚夫瑞打招呼："您的女儿真美丽。"往后，瀚夫瑞更不敢大意。直到晚江的女儿仁仁开始上学那年，晚江对瀚夫瑞说："明天早上我要开始长跑了。"瀚夫瑞说："长跑好啊，是好习惯。"第一个早晨晚江就明白，瀚夫瑞根本不是对手。在三四百米光景，他还凑合跟得上她；到了五百米，他惨了，眼睛散了神，嘴唇垂危地张开。他深信自己会猝然死去，并在晚江眼里看到同样的恐惧。那以后，他就在四百米左右慢下来，眼巴巴看晚江矫健地撒腿远去。

那以后，晚江就这样沿着海湾跑，投奔她半小时的自由独立。

废弃的炮台出现了。晚江开始减速，为全面停止做准备。对身体的把握和调控，晚江太是行家了。十岁开始舞蹈训练的晚江，玩四肢玩身板玩大的。"一九〇"大踏步超过去，人渐渐没了，脚步声却还在炮台古老的回音里。不一会儿，红发男人也赶上来。晚江想，他们你追我赶往死里跑图什么？他们又不缺自由。

女同性恋两口子也赶上来了。

晚江进一步放慢速度。他们这么鬼撵似的跑，又没人等在前头，而晚江是有人等的。很快，她看见九华的小卡车停在一棵大柏树下。晚江和九华从不事先约定。九华若时间宽裕，便在这儿停一停，等等她。他上班在金门桥那一头，晚江跑步的终点恰在他上班路线上。九华若等不及，走了，她也会独自在这里耽误三十分钟，从瀚夫瑞的关爱中偷个空，透口气。

九华见她过来，摇下车窗。她一边笑一边喘气。九华赶紧把一块旧浴巾铺到绽了口子的座位上。

"一九○"此刻折了回来，水淋淋地冲着晚江飞了个眼风。但他马上看到了九华，心顿时凉了下去。他心凉地看着九华为她拉开锈斑斑的车门，她钻了进去。在他看，这个漂亮的亚洲女人钻进了一堆移动废铁。他把九华当成她相好了。

九华摘下保温瓶上的塑料盖，把滚烫的豆浆倒进去，递给晚江。九华住在新唐人街，那儿不少糕饼店卖鲜豆浆。晚江问他昨晚是不是又看电视连续剧了。他笑着说："没看。"晚江说："哼，没少看。"

九华说："就看了四集。"

"就看了四集？实在有工夫，读点儿书啊！你一辈子开卡车送饭盒？"

九华不接茬儿了。他每次都这样，让她的话落定在那里。九华是没有办法的，他不是读书的命。

晚江也明白，她说这些是白说。每回话说到此处，两人便有点儿僵。一会儿，她开始打圆场，问他早晨忘没忘吃维生素。又问他跟他爸通了电话没有。九华就是点头。一点头，头上又厚又长的头发便甩动起来，便提醒了晚江，这是个缺乏照应的孩子；二十岁是没错的，但一看就是从家里出逃，长荒野了的男孩。

　　晚江从裤腰里摸出几张减价券。洗衣粉一盒减两块钱，比萨饼减一块，火腿减三块。九华接过去，在手里折来折去地玩。晚江慢慢喝着烫嘴的豆浆，不时从远处收回目光，看他一眼。九华比六年前壮实多了，那种苦力形的身板。他很像他爸，却还不如他爸俊气。她一再纳闷儿，仁仁跟九华怎么可能是兄妹。

　　六年前，瀚夫瑞和晚江把九华从机场接回来，路易正张罗着挪家具，为九华搭床铺。他以那永远的热情有余、诚恳不足的笑容向九华伸出手："Wellcome, How are you？"

　　九华信中说他一直在念英文补习班，此刻嘴里却没一个英文字儿。

　　瀚夫瑞见两个将要做兄弟的陌生人开头就冷了场，便慈父般地低声对九华说："别人说'How are you'的时候，你该说：'Fine, How are you？'或者：'Very well．Thank you．'记住了？"

　　九华用力点头，连伸出去给路易握的手都憋成了深红色。他在自己卧室闷坐一会儿，不声不响到厨房里。晚江在忙晚饭，他替她剥蒜皮，削生姜，洗她不时扔在水池里的锅碗瓢盆。晚江不时小声催促："往那边站点儿……快，我等这锅用呢！"他便闷头闷脑地东躲西让，手脚快当起来，却处处碰出声响。晚江冷不丁说一句："把Soy sauce递给我。"他不懂，却也不问，就那样站着。晚江怜惜地撸他一把脑袋，挤开他，悄声笑道：

"哎呀闷葫芦。记着：酱油叫 Soy sauce。"她把酱油瓶从吊柜里够下来。他眼睛飞快，偷瞟一眼酱油瓶，用力点点头。

"发一次音我听听。Soy sauce——"

他抿嘴一笑。晚江歪着头看着这半大小子，微笑起来："不难嘛。你不肯开口，学多少年英文还是哑巴。"她目光向客厅一甩，嗓音压得极低，"人家路易，讲三国语言……"但她马上意识到这样对比不公正，挤对九华。她把手掌搭在他脖颈上，动作语气都是委婉慈爱："咱们将来也上好大学，咱们可不能让人家给比下去。咱们玩命也得把英文学好喽！"

九华点了几下头，缓慢而沉痛，要决一死战了。他十四岁的体格在国内蛮标准，一到这里，显得又瘦又小，两个尖尖的肩头耸起，脚上的黑棉袜是瀚夫瑞打算捐给"救世军"的。袜头比九华脚要长出一截，看上去少了一截足趾。晚江又说："盐叫 Salt，Salt。"

他以两个残畸的脚立在豪华的大理石地面上，无地自容地对母亲一笑。

"你看妈三十八岁了，还在每天背新单词。"晚江指指冰箱上的小黑板，上面记着几个词汇。"你学了几年，一个词也不肯说，那哪儿行啊……"

他点着头，忽见晚江又把一个锅扔进水池，得救一般扑上去洗。

晚江看着儿子的背影。他在这一刹那显得愚笨而顽固。

那天的晚餐成了席:六个冷盘,六个热菜,路易摆了花卉、蜡烛。连一年不露几面的苏,也从地下室出来了。穿着晚江送她的裙子,好好梳了头。仁仁这年八岁,说起外交辞令来嘴巧得要命。她最后一个入席,伸手同每个人去握,最后接见她的亲哥哥:"欢迎你来美国。"瀚夫瑞看着仁仁,扬扬得意。仁仁又说:"欢迎你来家里。"她的气度很大,家也好美国也好,都是她的。

路易此时站起身,举起葡萄酒,说:"欢迎你——"他自己也知道他的中文可怕,改口说英文,"旧金山欢迎你。"

九华愣怔着,听晚江小声催促,他慌忙站起,高脚杯盛着白开水,被悬危地举着,像他一样受罪。

"我们全家都欢迎你。"路易进一步热情,进一步缺乏诚恳。他把杯子在九华杯沿上磕一下。

"旅途怎么样?"他坐下去。

……九华赶快也坐下去。

"还好吧?"

"嗯。"

晚江只盼路易就此饶了九华。却在这当口儿,瀚夫瑞开了口:"九华,别人说'欢迎'的时候,你必须说'谢谢'。"

九华点点头。

"来一遍。"瀚夫瑞说,手指抬起,拿根指挥棒似的。

九华垂着眼皮,脸、耳朵、手全是红的,由红变成暗红。

整个餐桌上的人什么也不做，一声也不出，全等九华好歹给瀚夫瑞一个面子，说个把字眼儿，大家的心跳、呼吸得以恢复。

"San k you。"九华说。

"不是 San k you，是 Thank you。"瀚夫瑞把舌头咬在上下两排假牙之间，亮给九华看："Th——ank——You."

"Dan k you。"九华说。

"唔——"瀚夫瑞摇着头，"还是不对。也不是 Dan k you，是 Thank you。要紧的是舌头……Th——anks，Th……明白了吧？再试试。"

……九华暗红地坐在那里，任杀任剐，死不吭声了。

仁仁这时说："快饿死啦！"

她这一喊，一场对九华的大刑，总算暂时停住。路易开始说天气。他说每年回来过寒暑假真是开洋荤，西部的气候真他妈棒，而他上学的明尼苏达，简直是西伯利亚流放地。

这时苏把一盘芹菜拌干丝传到晚江手里。晚江夹了一点儿，递给九华。九华迅速摇摇头，人往后一缩。晚江小声说："接着呀！"他还摇头，人缩得更紧。她只得越过他，把盘子传给仁仁。

仁仁接过盘子，说："我不要。"她将盘子传给瀚夫瑞。

"不要，应该说：'不要了，谢谢。'"瀚夫瑞往自己盘子里夹了一些菜。

瀚夫瑞和颜悦色，对仁仁偏着面孔。他跟童年的仁仁说话就这样，带点儿逗耍，十分温存。他说："怎样啦？仁仁，'不要了'，后面呢？"

人们觉得他对仁仁好是没说的，但他的表情姿态——就如此刻，总有点儿不对劲儿。或许只有苏想到，瀚夫瑞此刻的温存是对宠物的温存，对于一只狗或两只鸟的温存和耐心。

"噢，不要了，谢谢。"仁仁说。瀚夫瑞这样纠正她，她完全无所谓，毫不觉得瀚夫瑞当众给她难堪。她说："劳驾把那个盘子递过来给我。"她似乎把这套斯文八股做得更繁文缛节："Many Thanks indeed."莎士比亚人物似的，戏腔戏调。你不知她是正经的，还是在耍嘴皮。

瀚夫瑞说："九华，菜可以不要，但要接过盘子，往下传，而且一定要说：'不了，谢谢。'"

九华堵了一嘴食物，难以下咽，眼睛只瞪着一尺远的桌面，同时点点头。

"你来一遍：'No Thanks.'瀚夫瑞说。此刻恰有一盘鲜姜丝炒鱿鱼丝，传到了跟前，九华赶紧伸手去接，屁股也略从椅子上掀起。他太急切想把动作做出点儿模样，胳膊碰翻了盛白水的高脚杯。

晚江马上救灾，把自己的餐巾铺到水渍上。她小声说："没事，没事。"

这一来，上下文断了。九华把接上去的台词和动作忘得干干净净。

瀚夫瑞说："说呀，No，thank you。"他两条眉毛各有几根极长的，此刻夯了起来，微微打战。

九华一声不吱，赶紧把盘子塞给晚江。

瀚夫瑞看着九华，嫌恶出来了。他从来没见过这么无望的人：既笨又自尊。

整个餐桌只有苏在自斟自饮、闷吃闷喝。她很少参加这个家庭的晚餐，但剩在冰箱里的菜从来剩不住，夜里就给她端到地下室下酒去了。人们大致知道她是个文文静静的酒徒，只是酗酒风度良好，酒后也不招谁不惹谁。她本来就是个省事的人，酗酒只让她更加省事。几杯酒下去，她自己的空间便在这一桌人中建筑起来，无形却坚固的隔离把她圈于其内，瀚夫瑞和九华的冲突，以及全桌人的不安都毫不打搅她。她在自己的空间里吃得很好，也喝得很好。眼圈和鼻头通红通红，却有个自得其乐的浅笑，始终挂在脸上。

"怎么了，九华？"瀚夫瑞心想，跟一只狗口干舌燥说那么多话，它也不会这样无动于衷。

晚江注意到九华一点儿菜都没吃。传到他手里的盘子，他接过便往下传，像是义务劳动，在建筑工地上传砖头。她赶紧舀一勺板栗烧小母鸡："小时候你最爱吃这个。"

九华皱起眉，迅速摇摇头。

瀚夫瑞看一眼晚江。他的意思似乎是：你有把握他是你儿子？不会是从机场误接一个人回来吧？难道这个来路不清的半大小子从此就混进我家里，从此跟我作对？你看他的样子——眉毛垮着，连额前的头发都跟着垮下来；他怎么会有这样一头不驯顺的头发？这样厚，够三个脑袋去分摊。

在此期间是路易挨个跟每个人开扯：说晚江烧的菜可以编一本著名菜谱。又跟仁仁逗两句嘴，关于她小臂上的伪仿刺青。他说伪仿文身真好；假如你三天后变了心，去暗恋另一个男同学，再仿一个罢了，不必给皮肉另一番苦头吃。路易就这点好，总是为人们打圆场，讨了无趣也不在乎。

"苏，巴比好吗？"路易问苏。

巴比是苏的鹦鹉。苏说巴比两年前就死了，不过多谢关心。巴比的继任叫卡美哈米亚（卡美哈米亚，英文 Kamehamea，夏威夷历史上一位著名的国王）。路易说他为巴比的死致哀。苏说她替在天有灵的巴比谢谢路易，两年了还有个记着它的人。路易又问：卡美哈米亚怎么样？精彩吗？苏说：卡美哈米亚比较固执、疑心很重，要等它对她的疑心彻底消除了，才能正式对它进行教育。同父异母的姐弟看上去很谈得来。

那顿晚饭是靠路易见风使舵的闲聊完成的。当晚九华早早撤进他的卧室。晚江悄悄对路易说："谢谢了。"她给了他一个有苦难言的眼风。路易把它完全接住，也来一个死党式的微笑，悄声说："免啦——我分内的事。"

她看着他年轻的笑容。他又说："这个家全靠我瞎搭讪过活。"

晚江在路易瞬间的真诚面前不知所措了。她大惊失色地转身就走。路易看着她上楼，逃命一般。他想她惊吓什么呢？他和她之间隔着一万重不可能，太安全了。

此刻的晚江坐在九华旁边，喝着凉下去的豆浆。九华不断给她添些热的进来。

"你见你爸了吧？"她问。

"嗯。"

"他烟抽得还是很厉害？"

"嗯。"

"叫他少抽一点儿。"

九华点点头。

"说我说的：美国每年有四十万人是抽烟抽死的。"晚江说着把暖壶盖子盖回去，表示她喝饱了。

"他不听我的。"九华笑一下。

"让你告诉他，是我说的。"晚江说。她不知道自己神色是娇嗔的，是年轻母亲和成了年的儿子使性子的神色。

"行。"九华说着，又一笑。

"让他少给我打电话。打电话管什么用啊？我又不在那儿分分钟享福。"

"妈，不早了。"

"没事看看书，听见没有？不然以后就跟你爸似的。"她推开车门，蜷了身钻出去。

　　然后她站在那儿，看九华的卡车开下坡去。她一直站到卡车开没了，才觉出海风很冷。回程她跑得疲疲沓沓，动力全没了。六年前那个"欢迎"晚餐之后，九华开始了隐居。他每天早晨很早出门，搭公车到学校去。晚饭他单吃。晚江其实给他午餐盒里装的饭菜足够他吃两顿。晚饭时间一过，他会准时出现在厨房里，冲洗所有碗碟，把它们放进洗碗机。如果瀚夫瑞或路易在此地碰见他，他便拼命佝着身，埋头摆弄洗碗机里的餐具。偶然地，瀚夫瑞会问他为什么不同大家一块儿吃晚饭。晚江便打马虎眼，说他功课压力大，在学校随便吃过了。晚江一边替九华开脱，一边盼着九华能早日在这个家庭里取得像苏那样的特殊待遇：没任何人惦记、怀念、盘问。

　　半年后，人们开始无视九华。他成了这房子里很好使唤的一个隐形小工。他做所有粗活，马桶坏了，下水道不通，不必专门雇人修理，没人再过问他在学校如何度日。连晚江都不知道，九华早早到学校，其实就在课堂里又聋又哑又瞎地坐上六七个小时。那所中学是全市公立中学中最负责任的，因此一位老师找上门来。女老师说九华是个不错的孩子：不吸毒、不打架、不跟女同学开脏玩笑。九华只有一点不好：上课不发言；邀请他或逼迫他，统统徒劳；他宁可当众给晾在那儿，站一堂课，也绝不开口。

　　瀚夫瑞看看坐在沙发边上的九华，问他："老师说的是实情吗？"

他不吱声，垂着脸。他其实不知道老师在说什么。

瀚夫瑞说："你早出晚归，勤勤恳恳，就为了去教室里坐坐、站站？"

女教师听不懂瀚夫瑞的中文，笑眯眯地说九华如何的守规矩，不惹事；对其他学生，老师们都得赔小心，伺候着他们把一天六七小时的课上完。讲到那些学生，女教师生动起来，也少了几分得体。她说那些学生哪像九华这样恭敬？你伺候他们长点儿学问，伺候得不顺心，谁掏出把手枪来崩了老师都难说。

晚江接茬儿说："那可不是——克罗拉多州的两个学生连同学带老师，崩了一片。"她马上意识到自己在吸引火力，援救九华。

女教师说，所以碰到九华这样敬畏老师的学生，就觉得天大福分了，尽管他一声不吭。

晚江说他从小话就少。

瀚夫瑞用眼色叫晚江闭嘴。他问九华："你在学校是装聋作哑，还是真聋真哑？"

女教师说："我一直希望能帮帮他。好几次约他到我办公室来，他总是一口答应。"她此刻转向九华，"你从来没守约，是吧？"

她笑眯眯的："让我空等你好几次，是吧？"九华毫不耍赖，问一句,他点两下头。所有的话就这样毫无触动地从他穿进去,又穿出来。

女教师说:"看上去我很恐怖,让你害怕似的。"她咯咯地笑了。

九华又是点头。

晚江说:"你怕老师什么呀?老师多和气……"

瀚夫瑞又给晚江一眼。他的意思是晚江给他吃了一记大亏——竟暗藏下这么个儿子,如此愚顽,如此一窍不通,瀚夫瑞还有什么晚年可安度?

女教师说:"你不是食言,存心和我寻开心,你就是不懂我的话,是吧?"她等了好一会儿,九华没反应。她一字一句,找着他的脸,确保她仔细捏塑好的每个字都不吐成一团团空气:"你、不、是、跟、我、存、心、捣、蛋,对吧?"

九华看着她,点点头。

"不懂不要点头。"瀚夫瑞劈头来一句。

九华把脸转向继父,那两片浅茶色眼镜寒光闪闪。他管不了那么多了,使劲朝两片寒光点头。

瀚夫瑞掉转开脸去,吃力地合拢嘴。他两个手握了拳,搁在沙发扶手上。每隔几秒钟,拳头自己挣扎一下。他的克制力和绅士风度在约束拳头,不然他吃不准它们会干出什么来。

女教师一直笑眯眯的,谈到对九华就学的一些建议。她认为他该先去成人学校学两年英文。她不断停下，向九华征求意见似的笑笑。九华没别的反应，就是诚恳点头。

"头不要乱点。"瀚夫瑞说。

女教师不懂中文，瀚夫瑞这句吼听上去很危险。她起身告辞，两手掸平裙子上的褶皱。

瀚夫瑞和晚江押着九华，给女教师送行，一直送到巴士车站。三个人一声不响地回到家，九华进了大门就钻入客厅侧面的洗手间。

晚江饶舌起来，说女教师的穿着够朴素的；听说教书不挣钱，有些学校的家长得轮流值日教课，等于打义工。十分钟过去，她心里明白，无论怎样给瀚夫瑞打岔，九华也休想一躲了事。九华想用自己安分守己的劳动，悄悄从这个家换取一份清净的寄宿日子。他想躲藏起来，暗度到成年。哪怕是劳苦的、贫贱的成年，哪怕是不值当期盼的、像他父亲一样孤单而惨淡的成年。

二十分钟了，洗手间的门仍紧闭着。又是十分钟，里面传出水流在大理石洗脸池中飞溅的声响。那是开到了极限的水流。晚江走过去，敲敲门，小声叫着："九华、九华……"九华"嗯"了一声，水龙头仍在发山洪。晚江放大音量："怎么回事？给我开门！"

门打开的瞬间，晚江看见水池上方的大镜子里，九华尸首般的脸，轮廓一层灰白影子，眼神完全涣散了。他佝着身，右手放在粗猛的水注里冲着，她问他究竟怎么了。他说谁也不必管他。这时晚江看见地上的血滴。她上去扳他，他右手却死抓住水池边沿，始终给她一个脊梁。

晚江疯了一样用力，掐着九华的臂膀，他终于转过身。晚江眼前一黑：九华始终伸在水柱里的食指被斜着截下去一块，连皮带肉带指甲，斜斜地截去了。截去的部分，早已被粗大湍急的水流冲走，沉入了下水道。血刚涌出就被水冲走，因而场面倒并不怎么血淋淋。晚江浑身冰凉地站着，看着那创口的剖面，从皮到肉到骨，层层次次，一清二楚。

她第一个动作是一脚踹上门，手伸到背后，上了锁。绝不放任何人进来。

然后她拉开带镜子的橱门，取出一个急救包。在这个安全舒适的大宅子里，每个洗手间、浴室都备有绷带、碘酒、救心丸。晚江捏住那残缺的食指，将一大瓶碘酒往上浇。然后是止血粉、消炎粉。等绷带打完，晚江瞥见镜中的自己跟九华一样，灰白的五官，嘴冰冷地半启开。

她叫九华躺下，把右手食指举起来。她扯下两块浴巾，铺在大理石地面上，再把九华抱在怀里，一点一点把他在浴巾上搁平，摆舒服，像她刚从腹中分娩出他似的。她帮着他把小臂竖起来。白绷带已没一处白净。若干条血柱在九华手掌、手背上奔流。

晚江盘腿坐在地上，一只手扶住九华的伤手，另一只手轻轻捂住他的眼睛。她不要他看见这流得没完没了的血。九华果真安静下来，呼吸深而长了。

她看见窗玻璃碎了，纱窗被拆了下来。开这扇窗要许多窍门，九华一时摸不清，只能毁了它。他显然用一块毛巾蒙住玻璃，再用马桶刷子的柄去捅它。

这时瀚夫瑞叩着厕所的门。

"你们在干什么？"

母与子什么都听不见。

"出什么事了？"

母亲说："没事，你不用管。"

"到底出什么事了？……真见鬼。"瀚夫瑞的叩门声重起来。是用他手的最尖利部位敲的，听上去都生疼："哈罗……哈罗！"

晚江想，爱"哈罗"就"哈罗"去吧，随你便。急疯就急疯，发心脏病就发心脏病。她看一注一注的血缓下了流速。九华的小臂，爬满红色的条纹，渐渐地，红色锈住了。她用浴巾的一角蘸着唾沫，拭去一条血迹，再拭去一条。她放不下九华，去开水龙头。她也站不起来，开不动水龙头。她就用唾沫沾湿浴巾，去抹净那些血迹。她一寸也不愿离开九华。为他的不聪慧，为他对自己不聪慧的认账，她也不能不护着他。九华从六七岁就认了命。他命定是不成大器，受制于人的材料。他有的就是一身力气，一腔诚恳，他的信念是世界也缺不了不学无术的人。他坚信不学无术的人占多数，凭卖苦力，凭多干少挣，总能好好活下去。

空气还是血腥的，混在碘酒里，刺鼻刺嗓子眼儿。剧痛嗅上去就是这个气味；痛到命根的剧痛，原来闻上去就这样，晚江慢慢地想。随瀚夫瑞去软硬兼施，去斯斯文文诅咒吧。晚江说："求求你瀚夫瑞，别管我们。"

九华在十七岁的那个夏天辍了学，结束了豪华的寄居，用所有的储蓄买了一辆二手货卡车，开始独立门户。他伪造了身份，涂改了年龄。他在那个夏天长高了两厘米，不刮脸的日子，他看上去就像他自己巴望的那样老气横秋。九华的离别响动很小，他怕谁又心血来潮弄个什么告别晚宴。他深信路易麻木至此，干得出这种把所有人难受死的事。因此九华深深得罪了瀚夫瑞，九华成了瀚夫瑞的一个惨败。瀚夫瑞伤心地想：我哪一点对不住他呢？我把他当自己亲儿子来教啊。还要我怎样呢？"

他就这样痛问晚江："还要我怎样呢？"

晚江点点头，伸手抚摩一下他的面颊，撇撇嘴，在道义上支持他一把。她心里想：是啊，做个继父，他做得够到位了。

瀚夫瑞要进一步证实，正是九华在六亲不认。他说："我又不是头一次做继父，做不来。看看苏，六岁跟着她母亲嫁过来。你去问问她，我可委屈过她？苏够废料了吧？我不是一直收养着她？再看看仁仁……"

晚江劝他想开些，九华出去单过自在，就让他单过去。瀚夫瑞却始终想不开，给出去的是父爱，打回来一看，原来人家没认过他一分钟的父亲。

晚江就只好狠狠偏着心，说九华没福分；他逃家是他自认不配有瀚夫瑞这样的父亲。

瀚夫瑞原以为晚江嘴上那么毒，立足点自然站在自己一边。却是不然，晚江在九华弃家出走之后，反而暗中同他热线联系起来。一天至少通三回电话，若是瀚夫瑞接听，两人便谁也不认得谁："哈罗，我妈在吗？""请稍等一下。""谢谢。""不客气。"

或者："她现在很忙，有事需要转告吗？""没什么事，我过一会儿再打吧。谢谢。""不客气。""那我能和我妹妹讲两句话吗？""对不起，仁仁在练钢琴。""那就谢谢啦。""不客气。"

九华翻脸不认人，把事情做绝，瀚夫瑞认为他完全无理。有理没理，在当了三十年律师的瀚夫瑞来看，至关重要。去给一个完全没道理的人关爱，那就是晚江没道理了。因此晚江回回得低声下气地请求，瀚夫瑞才肯开车送她去新唐人街。九华租了间小屋，只有门没有窗，门还有一半埋在路面之下。瀚夫瑞等在车里，根本不去看母子俩如何匆匆打量、匆匆交头接耳。瀚夫瑞更不去看晚江的手如何递出一饭盒菜肴，同时做着手脚把钞票走私到九华手里。真是自甘下贱啊，瀚夫瑞想着，放倒座椅，把音乐音量开足。

上海生长，香港、新加坡就学的瀚夫瑞做律师是杰出的。杰出律师对人之卑鄙都是深深了解的。尤其是移民，什么做不出来呢？什么都能给他们垫脚搭桥当跳板，一步跨过来，在别人的国土上立住足。他们里应外合，寄生于一个男人或蛀蚀一个家庭，都不是故意的。是物竞天择给他们的天性。瀚夫瑞是太心爱晚江了，只能容忍她，让她把她的骨血一点点走私进来，安插下去，再进一步从他的家里，一点点向外走私，情感也好，物质也好。他这样横插在他们之间，是为他们好，提醒他们如此往来不够光彩，使他们的走私有个限度。

十步开外，晚江都能感觉到瀚夫瑞的鄙薄。他总是毫无表情地让你看到他内向的苦笑，他半躺在车座上的身影本身就是无奈的长叹。什么都甭想蒙混过他，所有淘汰的家具、电器，都从瀚夫瑞的宅子里消失，在九华的屋里复出。九华这间贫民窟接纳、处理瀚夫瑞领土排泄的所有渣滓：断了弹簧的沙发，色彩错乱的电视，豁了口的杯盏碗碟。晚江深知瀚夫瑞对九华的嫌恶，而每逢此时，他的嫌恶便包括了她。

每回告别九华后，瀚夫瑞会给晚江很长一段冷落。他要她一次次主动找话同他说，要她在自讨没趣后沉默下去，让她在沉默中认识到她低贱地坐在"BMW"的真皮座椅上，低贱地望着窗外街景，低贱地哀怨、牢骚、仇恨。

晚江跑回时，太阳升上海面，阳光照在瀚夫瑞运动服的反光带上。瀚夫瑞的身板是四十岁的，姿态最多五十岁。他稳稳收住太极拳，突然刮来一阵海风，他头发衰弱地飘动起来，这才败露了他真实的年龄。却也还不至于败露殆尽，人们在此刻猜他最多六十岁。他朝沿海边跑来的晚江笑一下，是个三十岁的笑容，一口牙整齐白净，乱真的假牙。接下去他下蹲、扩胸，耳朵里塞个小耳机，头一时点点，一时摇摇，那是他听到某某股票涨了，或跌了。一般瀚夫瑞会在七点一刻用手机给仁仁打电话，叫她起床，七点半再打一个，看她是否已起了床。等晚江跑步回来，他便第三次打电话给仁仁，说："看看我的小虫子是不是还拱在被子里。"

等他们步行回到家，仁仁已穿戴齐整，坐在门厅里系鞋带。瀚夫瑞问她早饭吃的什么，她答非所问，说她吃过。瀚夫瑞晃晃手里的车钥匙说："可不可以请小姐快一些？"仁仁说："等我醒过来就快了。"

晚江拎着女儿沉重无比的书包，又从衣架上摘下绒衣搭到女儿肩上。仁仁归瀚夫瑞教养，晚江只在细节上做些添补。瀚夫瑞正把仁仁教养成他理想中的闺秀，对此仁仁从小就十分配合。她的英文也区别于一般孩子，"R"音给吃进去一半，有一点儿瀚夫瑞的英国腔，却不像瀚夫瑞那样拿捏。她和瀚夫瑞谈了谈天气和昨晚的球赛。晚江不由得想，仁仁讲话风度多好啊，美国少年的吊儿郎当，以及贫嘴和冒犯，都成了仁仁风度的一部分。

仁仁到这座宅子里来做女儿时，刚满四岁。机场的海关外面，站着捧红玫瑰的瀚夫瑞。晚江手搁在仁仁后脖颈上，略施压力："仁仁，叫人啊！"仁仁两眼瞪着手捧鲜花的老爹，目光是瞅一位牙医的，嘴也像在牙科诊所那样紧抿。晚江说："路上我怎么告诉你的，仁仁？该叫他什么来着？"

"瀚夫瑞，"老爹弓下身，向四岁的女孩伸出手，"叫我瀚夫瑞。来，试试——瀚——夫——瑞。"

仁仁眼睛一下子亮了。嘴巴动起来，开始摸索那三个音节。

"可以知道你的名字吗？"老爹说。

"仁仁。"女孩说。

"很高兴认识你，仁仁。"

"很高兴，瀚……"女孩的唇舌一时摸不到那三个音节。

晚江插进来："不能没大没小，啊？……妈怎么教你的？"

"来，再来一遍。"瀚夫瑞几乎半蹲，"很高兴认识你，仁仁。"

"很高兴认识你，瀚夫瑞。"

那以后，仁仁把瀚夫瑞叫得很顺嘴。瀚夫瑞认为那个头开得好极了，老幼双方都从开头就摆脱了伪血缘的负担。那是个开明而文明的开头，最真实的长幼次序，使大家方便，大家省力。此刻瀚夫瑞和仁仁在谈学校的年度捐教会。仁仁建议瀚夫瑞免去领结，那样看上去就不会像三十年代电影人物了。瀚夫瑞问她希望他像什么。仁仁回答说：该酷一些。

瀚夫瑞讨教的姿势做得很逼真：怎么才能酷？仁仁说丑角
×××就很酷。瀚夫瑞呵呵地乐起来。

停下车，仁仁很快混迹到穿校服的女同学中，瀚夫瑞突
然叫道："仁仁。"

女孩站住，转过脸。

瀚夫瑞说："忘了什么？"

女同学们也都站下来，一齐把脸转向开"BMW"的老爹，
很快又去看仁仁。瀚夫瑞把车窗玻璃降下来。仁仁眉心出现
了淡淡的窘迫。之后便走回来，吻了一下瀚夫瑞的面颊。"下
午见，瀚夫瑞。"她绕到车的另一面，给晚江来了个同样不疼
不痒的吻。"下午见，妈。"不知什么缘故，女同学们就这样站着，
看，憋一点儿用心不良的笑。

二

这个家的上午是路易的。路易的占地面积极大：吧台上
喝咖啡，餐桌上铺满他订的晨报，起居室的五十二英寸电视
也被他打开。还有楼上他卧室里做闹钟用的无线电。路易正
喝咖啡，也正读报，同时给屏幕上的球员做啦啦队。他穿一
件白毛巾浴袍，胸前有个酒店徽号，以金丝线刺绣上去的。

路易很英俊是没错的，但他给你个大正面时，你多少有些失望：这是个有些粗相的男子，不出声也咋咋呼呼，不动也张张罗罗，就是活生生一个酒店领班。

路易头也不回地用手势同他父亲和他继母道了早安，晚江走过去，归拢一番桌上的报纸。路易连说抱歉，并朝晚江一笑。路易的笑太多，各个笑容都无始无终，让你纳闷儿它是怎样起、怎样收的，怎么就那样喷薄而出，你看到的就是它最耀眼的段落。

晚江端起剩在玻璃壶里的一些漆黑的咖啡，问路易还要不要再添。他说不了，谢谢。晚江说那她就得倒掉它了。他说好的，谢谢。电视的声与光和厨房里的咖啡气味弄出不错的家庭气氛。

瀚夫瑞喜欢在餐厅里吃早饭。餐厅离路易制造的热闹稍远。晚江一小时前喝了一肚子鲜豆浆，现在要陪瀚夫瑞喝果菜汁。十多种果菜加麦芽的灰绿浆子很快灌满她，青涩生腥在她的嗓子眼儿起着浮沫。她已习惯现代口味：一切使人恶心的东西都有益于健康。不一会儿，晚江打起碧绿的饱嗝儿，她用手掩着嘴，赶紧起身，去厨房取杂麦面包，一大盘切好的水果。她两手端着托盘，正思忖腾出哪只手去开餐室的玻璃门，路易不知怎样已拧住门把手，替她拉开门。路易常常这样给她解围，冷不防向她伸一只援助之手。她的"谢谢"很轻声，他的"不用谢"近于耳语。就在这时，他眼睛异样了一下。晚江发现路易眼睛的瞬间异样，早在几年前了。早在路易大学毕业的那个夏天。他在毕业大典上和一大群穿学士袍的同学操步进入运动场时，突然一仰脸，看见了坐在第十排的晚江。那是晚江头一回看见路易眼睛的异常神采。这么多年，晚江始终吃不透那眼神的意味。但她感觉得到它们在瞬息间向她发射了什么，那种发射让晚江整个人从内到外从心到身猛地膨胀了一下。这样的反应是她料所不及的，而她的反应立刻在路易那里形成反应。他尚不知他问的是什么，她却已经给予了全面解答。晚江慌忙转开脸，路易慌忙拉开玻璃门。

　　晚江发现路易跟进了餐室，同他父亲聊起股票来。她替瀚夫瑞夹水果块时，落了些汁在餐桌上，路易的手马上过来了，以餐纸拭净桌子。晚江从来没去想，路易怎么成了她动作的延续。她也从没去分析，他的动作和她衔接得这样好靠的是什么。靠他一刻不停地观察她，还是靠他的职业本能：酒店领班随时会纠正误差、弥补纰漏。晚江当然更不会意识到，气氛的突然紧张是怎么回事：路易与她的一万重不可能使事情改了名分。

　　而"无名分"不等于没事情；"无名分"之下，甜头是可以吃的，惬意是可以有的。晚江正想把一大块木瓜切开，跟前没餐刀，紧接着，一把餐刀不动声色地给推到她面前。晚江没有接，也没有对路易说"谢谢"。她突然厌恶起来，她也不知道她厌恶什么，她的厌恶也没有名分。餐室有一张长形餐桌，配十二把椅子。门边高高的酒柜里陈列着瀚夫瑞一生收藏的名酒，有两瓶是他从父亲遗产中继承下来的，五年前晚江偶然掸灰，发现柜子最高一层的酒瓶全是空的，角落那瓶还剩三分之一。她在当天夜里看见苏蹑手蹑脚地潜入餐室，将三分之一瓶酒倒入酒杯，再仔细盖上瓶盖。她几年来偷饮这些名贵的琼浆，做得天衣无缝。眼下这一柜子空酒瓶真正成了摆设。

路易忽然看见一张餐椅上有把梳子，上面满是苏的枯黄头发。他嘴里同父亲的谈笑并不间断，手指捏起毛烘烘的梳子。晚江想，原来手指也会作呕。路易拈起梳子，梳子便是已枯死腐败的一份生命。他将它从窗口扔了出去。窗朝向后院，满院子玫瑰疯野地爆开，一个枝头挂了几十个蓓蕾，全开花时枝子便给坠低，横里竖里牵扯。梳子就落在玫瑰上。玫瑰开成那样，就不是玫瑰了。开成花灾的玫瑰不是灿烂，而是荒凉。一个荒凉的玫瑰原始丛林，凶险得无人涉足。这个家的人从来不去后院，夏天傍晚的烤肉，也只在石头廊沿上烤。苏荒凉的头发落入荒凉的玫瑰丛林，无声无息，毫无痕迹。就是把苏往玫瑰里一扔，人们也会到很久以后才记起，咦，有一阵子没见苏啦。扔苏也不费事，她常闷声不响喝得死醉。

晚江眼睛瞄到一排一排的空酒瓶上。谁会想到站着的全是躯壳，灵魂早已被抽走？何止灵魂？精髓、气息、五脏六腑。

空壳站得多好，不去掂量，它们都有模有样，所有的瓶子全是暗色或磨砂玻璃的，谁都看不透它们。几次圣诞，瀚夫瑞心血来潮，要喝柜子里某一瓶珍藏。晚江就把心提到舌根上。她在这时候不敢去看苏，她知道苏的脸白得发灰，也成了一个酒瓶，空空的没一点儿魂魄了。

路易还在讲他对股票的见解，深棕的头发激动地在他额上一颤一颤，他在生活中也是个啦啦队长，助威地挥着手，助兴地蹬着足，笑容也是要把他过剩的劲头强行给你。不要可不行，他不相信世上有不要"劲头"的。往往在这个时刻，晚江会恍恍地想起苏。她感到路易笑得太有劲，笑容也太旺，她招架不住；她倒宁可同苏归为一类。这宅子里的人分几等。路易和仁仁是一等，瀚夫瑞为另一等，剩下的就又次一等。九华原想在最低一等混一混，却没混下去，成了等外。

奇怪的是瀚夫瑞每次去开酒柜门时，总是变卦。他自我解嘲地笑笑说："大概喝起来也没那么精彩。"他意识到消耗自己一生珍藏是个不吉利的征兆，是人生末路的起始。

电话铃响了。瀚夫瑞顺手按下机座上的对讲键，连着几声"哈罗"。那头没人吭气，晚江尽量不露出望眼欲穿的急切，以原有的速度咀嚼水果。瀚夫瑞朝路易无声地"嘘"了一下，制止他"哗哗"地翻报纸。三人都听着那边的沉默，之后电话被挂断了。瀚夫瑞看了晚江一眼。

过了两分钟，电话铃又响。瀚夫瑞抱着两个膀子往椅背上一靠，表示他不想碍晚江的事。晚江心一横，只能来明的，她捺下键子。

"请问刘太太在吗？"机座出声了，声音水灵灵的。路易起身走了出去，想起什么急事需要他去张罗似的。

晚江用刘太太的音调说："是我呀，怎么好久不来电话呀？"她眼睛余光看见瀚夫瑞把电视的字幕调了出来。女人问刘太太方便说话吧？晚江知道下面该发生什么了，手抓起话筒，说："方便的方便的，不方便也得行方便给你呀！"晚江拿过记事簿，一面问对方是订家宴还是鸡尾酒会的小食。笑嘻嘻的晚江说自己不做两千块以下的生意，图就图演出一场"美食秀"，又不真靠它活口。对方马上变了个人似的，用特务语调叫晚江在十分钟之后接电话。

晚江撤下早餐，端了托盘向厨房去，事变是瀚夫瑞作息时间更改引起的。九点到九点半，该是他淋浴的时间，这礼拜他却改为先吃早餐了。她悄悄将电话线的插座拔出一点儿。然后她到厨房和客厅，以同样办法破坏了电话线接缘。再有电话打进来，瀚夫瑞不会被惊动了。二线给路易的电脑网络占着，至少到午饭前，他会一直霸着这条线路。

十分钟之后，晚江等的那个电话进来了。她正躺在浴盆里泡澡，马上关掉按摩器。她听一个男中音热烘烘地过来了："喂？"她还是安全起见，说："是订餐还是讲座？"她听了听，感觉线路是完好的，没有走露任何风声，便说："喂？"

三

　　洪敏又"喂"一声，他知道晚江已经安全了。

　　"你在干吗？"他问。还像二十多年前一样词汇贫乏。

　　她说："没干吗！"

　　他们俩的对话总是十分初级，二十多年前就那样。百十来个词汇够少男少女把一场壮大的感受谈得很好。他们也如此，一对话就是少男少女。洪敏问她吃了早饭没有，她说吃过了。他又问早饭吃的什么，她便一一地报告。洪敏声音的持重成熟与他的狭隘词汇量很不搭调，但对晚江，这就足够。她从"吃过早饭没有"中听出牵念、疼爱、宠惯，还有那种异常夫妻的温暖。那种从未离散过的寻常小两口，昨夜说了一枕头的话，一早闻到彼此呼吸的小两口。洪敏听她说完早餐，叹口气，笑道："呵，吃得够全的。"

　　那声笑的气流大起来，带些冲撞力量，进入了晚江。它飞快走在她的血管里，渐渐扩散到肌肤表层，在她这具肉体上张开温热的网。浴室是黑色大理石的，顶上有口阔大的天窗。阳光从那儿进来，照在晚江身上。这是具还算青春的肉体，给太阳一照，全身汗毛细碎地痒痒，活了的水藻似的。她说，你费九牛二虎之力打电话给我，就问我这些呀？他说，我还能问什么呀。两人都给这话中的苦楚弄得哑然了。过了一会儿，洪敏问："老人家没给你气受吧？"晚江说现在谁也别想气她，因为她早想开了，谁的气都不受。

洪敏总是把瀚夫瑞淡化成"老人家"。她知道其实是他口笨。他跟九华一样，是那种语言上低能的人。就是把着嘴教，洪敏也不见得能念准那三个音节的洋名字。正如九华从来念不准一样。洪敏对两个音节以上的英文词汇都尽量躲着。为此晚江心疼他，也嫌弃他。因为嫌弃，晚江便越加心疼。

末了，就只剩了心疼。

"没事少打电话。弄得他疑神疑鬼，我也紧张得要命。不是说好每星期通一个电话吗？"晚江用洪敏顶熟悉的神情说着。他最熟悉她的神情，就是她闹点小脾气或身上有些小病痛的样子。

"九华说你剪了头发。"洪敏说。

"剪头发怎么了？又不是动手术，还非要打电话来问？"她知道他从这话里听出她实际上甘愿冒险，什么样的险她都肯冒，只要能听听他喘气、笑、老生常谈的几句话。洪敏问是不是"老人家"要她剪头发的。晚江撒谎说，头发开叉太多，也落得厉害。其实瀚夫瑞说了几年，晚江的年岁留直长发不相宜。洪敏说，算了吧，肯定他不让你留长发。

"噢，你千辛万苦找个老女人，把电话打进来，就为了跟我说头发呀？"

洪敏从不遵守约定，能抓得到个女人帮他，他就蒙混过瀚夫瑞的岗哨，打电话跟晚江讲两句无关紧要的话。他在一个华人开的夜总会教交谊舞，有一帮六十来岁的女人，这头接电话的一旦不是晚江，她们就装成晚江的客户，预订家宴或酒会。有时她们跟瀚夫瑞胡缠好一阵，甜言蜜语夸刘先生何来此福气，娶到一个心灵手巧、年轻貌美的刘太太。瀚夫瑞这么久也未发现洪敏就躲在这些老女人后面，多次潜入他的宅子，摸进他的卧室，和他的爱妻通上了私房话。

讲的从来是平淡如水的话，听进去的却十分私房。私房得仅有他们自己才懂，仅有他们自己才知道它的妙。

像二十多年前，他们第一个吻和触摸，那是难以启齿、不可言传的妙。晚江和洪敏结婚时，在许多人眼里读出同一句话：糟贱了，糟贱了。歌舞团的宿舍是幢五层楼，那年八月，五楼上出现了一幅美丽绝伦的窗帘，浅红浅蓝浅黄，水一样流动的三色条纹，使人看上去便想，用这样的细纱绸做窗帘，真做得出来。在那个年代，它是一份胆量和一份超群，剩下的就是无耻——把很深闺、很私房的东西昭彰出来。于是便有人问："五楼那是谁家？"回答的人说："这你都不知道？徐晚江住那儿啊。"若问的这位也曾在舞台下的黑暗中对徐晚江有过一些心意，浪漫的或下流的，这时就会说："哦，她呀。"那个时间整个兵部机关转业，脱了军装的男人们都认为当兵很亏本，从来没把男人做舒坦。于是在他们说"哦，她呀"的时候，脸上便有了些低级趣味：早知道她不那么贵重，也该有我一份的。人们想，娶徐晚江原来很省事，洪敏从三楼男生宿舍上到五楼，跟晚江同屋的两个女友好好商量了一下，就把那间女宿舍用被单隔出洞房来了。两个女友找不出新婚小两口任何碴子：被单那一面，他们的铺板都没有"咯吱"过，他们的床垫都没"咯吱"过，她们实在想不通，这一男一女怎么连皮带钩都不响，连撕手纸、倒水浴洗的声音都不发，就做起恩爱夫妻来了，所有的旗号，就是一面新窗帘，门上一个纸双喜。

洪敏还是早晨五点起床，头一个进练功房。晚江也依旧八点五十起床，最后一个进练功房。洪敏照样是练得最卖力的龙套，晚江照样是最不勤奋的主角。

半年后，与晚江同屋的两个姑娘搬走了，半个洞房成了整个儿。

大起肚子的晚江终于可以不必去练功房。她常出现在大食堂的厨房里，帮着捏饺子、包子。人们若吃到样子特别精巧，馅儿又特别大的饺子或包子，就知道是徐晚江的手艺。后来人们发现菜的风味变了，变得细致、淡雅，大家有了天天下小馆儿的错觉，便去对大腹便便的晚江道谢。她笑笑说："有什么办法泥？我自己想吃，又没地方做。"也不知她怎样把几个专业厨子马屁拍得那么好，让他们替她打下手，按她的心思切菜，搁调料。她也不像跳舞时那样偷懒了，在灶台边一站几小时，两个脚肿得很大，由洪敏抱着她上五楼。楼梯上碰到人，晚江笑着指洪敏："他练托举呢。"

九华两岁了，交给一个四川婆婆带。这个婆婆是给歌舞团的大轿车撞伤后，就此在北京赖下的，调查下来她果然孤身一人，到北京是为死了的老伴告状。四川婆婆于是成了五层楼各户的流动托儿所，这样她住房也有了，家家都住成了她自己家。

这个夏天夜晚，四川婆婆把马团长敲起来，说洪敏和晚江失踪了。马团长对她说："下面洪敏若是同另一个女人失踪，再来举报。"

过几天，她又去找马团长，说："这两口子又一夜没回来。"副团长说："只要练功、演出他们不失踪，就别来烦我。"

一夜，马团长给电话铃闹醒，是"治安队"要他去认人。说是一对男女在北海公园关门后潜伏下来，找了个树深的地方，点了四盘蚊香，床铺就是一叠《人民日报》。

马团长认领回来的是洪敏和徐晚江。"治安队"的退休老爷子、老太太坚决不信马团长的话："他俩怎么可能是两口子呢？你没见给抓了奸的时候有多么如胶似漆都以为是一对殉情的呢！"

吉普车里，马团长坐前排，洪敏、晚江坐后排。他问他们，到底是为什么。两人先不吱声，后来洪敏说："是我想去的。"晚江立刻说："胡说，是我的主意。"副团长说："嗬，还懂得掩护战友啊。我又没追查你们责任。我就想明白，你们为什么去那儿。"两人又没声了。副团长催几次，洪敏说："我们总去那儿，自打谈恋爱就去那儿。"副团长说："对呀，那是搞恋爱的人去的地方。搞恋爱的人没法子。你们俩图什么？有家有口的？"洪敏气粗了："家里不一样。"马团长说："怎么不一样？让你们成家，就为了让你们有地儿去！"

洪敏又出了一声，但那一声刚冒出来就跑了调。他的大腿给晚江拧了一下。

马团长在心里摇头，这一对可真是配得好，都是小学生脑筋，跳舞蹈的男女就这么悲惨，看看是花儿、少年，心智是准白痴。他这样想着，也就有了一副对白痴晚辈的仁厚态度。他说："以后可不敢再往那儿去了，听见没有？"洪敏问："为什么？"副团长大呵道："废话。"洪敏也大呵："搞恋爱能去，凭什么不准我们去？"

马团长给他喝愣住了。几秒钟之后，他才又说："好，好，说得好——你去，去。再让逮走，我要再去领人我管你叫马团长！"

洪敏不顾晚江下手多毒，腿上已没剩多少好肉。他气更粗："凭什么不准我们去？"

马团长说："你去呀，不去我处分你！"

洪敏说:"凭什么结了婚就不准搞恋爱?"

"恋爱搞完了才结婚,是不是这话?"马团长向后拧过脸。

"不是!"

"那你说说,是怎么个话?"

马团长此刻转过身,多半个脸都朝着后排座。他眼前的一对男女长得那么俊美真是白糟塌,大厚皮儿的包子,三口咬不到馅儿。

"洪敏你说啊,让我这老头儿明白明白。"

洪敏正视他:"副团长,您这会儿还不明白,就明白不了啦。"

歌舞团第一批单元楼竣工,没有洪敏、晚江的份儿。他们把马团长得罪得太彻底。"北海事件"也让所有人瞧不起他们,认为他们正经夫妻不做,做狗男女。第二次分房,六年以后,又隔过了洪敏与晚江。晚江便罢工,不跳主角了。领导们都没让她拿一手,趁机提拔了几个新主角。

歌舞团亏损大起来,便办起一个餐馆、一个时装店。晚江躲回江苏娘家生了超指标的仁仁,回来就给派到餐馆做经理去了。这时团里的文书、发型师、服装保管都分了一居室或两居室,单身宿舍楼上那美丽的窗帘,仍孤零零地夜夜在五层楼上美丽,颜色残褪了不少,质地也衰老了。据说要进行最后一次分房了,洪敏搬了铺盖在分房办公室门口野营,谁出来他就上去当胸揪住谁。人们都说,洪敏已成了个地道土匪，几次抓了大板砖要拍马团长。

使他们分房希望最终落空的是仁仁。团里有人"误拆"了徐晚江的信，"误读"了其中内容。信里夹了一张两岁女孩子的相片，背面有成年人模仿稚童的一行字迹："爸爸、妈妈，仁仁想念你们。"

这样，晚江和洪敏永远留在了十年前的洞房里。洪敏背了一屁股处分，从此不必去练功房卖力。他成了时装店的采购员，人们常见他游手好闲地站在路边上，从时装店里传出的流行歌曲震天动地，他的脚、肩膀、脖子就轻微地动弹着。他人停止了跳舞，形体之下的一切却老实不下来，不时有细小的舞蹈冒出形体。又过一阵，时装店寂寞冷清透了，两个安徽来的女售货员对洪敏说："不如你就教我俩跳探戈吧。"

晚江的餐馆却很走运，一年后成了个名馆子。她一点儿也不留恋做主角的日子，每天忙着实验她的新菜谱。一天有一桌客人来吃饭，晚江浑身油烟给请到前堂。她看见这桌人众星捧月捧的是一位"刘先生"。桌上有人说："刘先生问呢，这属于哪个菜系？"

晚江被问住了，过一会儿才说："就是'晚江菜系'。"

刘先生轻声轻语，直接同她答对起来。他说他算得上精通菜系的食客，倒没听说过"晚江菜"。

晚江便傻乎乎地笑了说："当然没听说过，都是我瞎做出来的。"

刘先生重重地看她一眼，老成持重的脸上一层少年的羞涩红晕。临走时他给了晚江一张名片，上面说他是美国一个公司的律师。他第二天约晚江去长城饭店吃日本餐。晚江活三十多岁，从没吃过日本餐，便去了。

餐后，刘先生给了她"一点儿小意思"，是个锦盒。他说每位女宾都有的，她不必过意不去。散了席刘先生回楼上房间去了。女宾们这才敢打开各自的锦盒。所有的"小意思"是真的很小，锦盒里是块南京雨花石，晚江的却是一串细链条，坠一颗白珍珠。

刘先生的那位亲戚对晚江一再挤眼，意思要留她下来。送了其他宾客后，他把晚江领到咖啡座。接下去一小时，他讲的全是刘先生，如何有学问，如何阔绰，如何了不起的胜诉记录。他没有讲刘先生想到国内选个刘太太之类不够档次的话，但谁都听得出刘先生选刘太太要求不高：一要年轻，二要貌美，三要做一手好菜。

晚江糊里糊涂跟那亲戚上了电梯。刘先生坐在露台上独自饮酒，小几上却放了另一个酒杯。亲戚说他想看电视，便留在房里，拉上了窗帘。

刘先生在淡蓝的月光里问了声："可以吗？"

晚江傻乎乎地微笑一下。她不知他在征求她什么意见。同时她的手给捏住。她想，她的手曾经各位老首长捏得刘先生有什么捏不得。接下来，她的手便给轻轻抚摸起来。她又想，部里首长们也这样摸过，他们摸得，刘先生摸摸也无妨吧。刘先生摸得也比首长们尊重多了，没有摸着摸着就沿胳膊攀上来，成了顺藤摸瓜。刘先生花白的头颅缓缓垂下，嘴唇落在了晚江手背上。

一股清凉触在晚江知觉上。晚江从未体验过这样的异性触碰。似乎不是吻，就是"怜香惜玉"这词本身。晚江突然呆了：她有限的见识中，金发的年轻王子才如此地一垂颈子，一俯脸，赐一个这样的吻给同样尊贵的女人。

晚江回家的一路，都在想那淡蓝月光里，在她手背上赐了一个淡蓝色吻的老王子。

她把它讲给洪敏听。她讲给他听，是因为这样亲密的话，除了洪敏，她没人可讲。她还想让洪敏也开开眼界。

洪敏入神地听着，没说什么。她要他模仿，他亦模仿得不错。她这样或那样地点拨一番，说他"还凑合"。几天里洪敏一直没有话，有时晚江在骂九华，或哄着喂仁仁吃饭，偶尔瞥见洪敏的目光，会突然有些害怕。她不知道他目光怎么那样直。她不懂那目光中的木讷便是洪敏在忍痛，得死忍，他才铁得下心来。他在三天后铁下心来了。

他抱着她说："晚江，我看你跟那个人去吧。"

晚江说少发神经。她没说："跟谁去？你说什么呢？"她马上反应到点子上了。证明她一刻也没停地和他想着同一桩事、同一个人。

这便让洪敏进一步铁了心。他说:"那个人,不是丑八怪吧?"

晚江毒辣辣地瞪着他,手里喂仁仁吃饭的勺子微微哆嗦。

"听你说起来,他就老点儿,挺绅士风度的,是吧?我是真心的,晚江。去美国,嫁有钱男人,现在哪个女人不做这梦?这梦掉你头上来了,搁了别人,早拍拍屁股跟了他走了。"

晚江仍瞪着他,像他醉酒时那样不拿他当人看,觉得他有点好玩、有点儿讨厌。意思说:看你还得出什么新招儿。但他觉得,她假装不拿他当真,其实心给他说活了。本来就偷偷活了的心,此刻朝他的话迎合上来。他认识她那年,他十九岁,她十七岁。他们在相互要好或彼此作对时都会说一句陈词滥调:"你撅撅尾巴我就知道你要拉几橛子屎。"他们彼此的知根知底如同在一片漆黑里跳双人舞,绝对搭档得天衣无缝,绝对出不了意外。

洪敏说:"行啦,收起你那套吧。"

晚江马上收起那目光,不再像瞪耍猴一样瞪他。

接下去他和她平心静气地谈了一夜。他说到自己的无望,连一套把老婆孩子装进去的单元房都混不上。他说,这些年来,他给晚江往五楼拎洗澡水并不能说明他有多模范,只能说他有多饭桶:本事些的男人早让老婆孩子在自家浴室里洗澡了。他说:"晚江,我宁可一辈子替你拎洗澡水,甭说从锅炉房拎着上五楼,就是上五十层楼,我也死心踏地给你拎。可你随便在马路上拉一个男人，他就能拎得了洗澡水啊。"

这个时候，九华和仁仁在一层布帘那一面睡着了，他们听得见仁仁偶尔出来的一声奶声奶气的呓语，或九华不时发出的鼾声。

洪敏感觉晚江的眼泪浴洗他一般，淌湿他的面颊、脖子、肩，这便是她在离别他了。他安慰她，就算咱们为孩子牺牲了。账记到孩子头上，他就不会怪罪她，也替她找了替罪的。

托了一串熟人，离婚手续竟在一礼拜之内就办妥了。

整个过程，刘先生全被蒙在鼓里。他以为晚江原本就没有家累。他很君子的，在晚江对自己隐私缄口时，他绝不主动打听。他认为晚江同他交往，自然是她能当自己的家，是她身心自由地同他交往。晚江愿意嫁给他，也是她自己拿主意。刘先生在这方面相当西方化，他绝不为别人的麻烦操心，绝不对别人的品德负责。退一万步，晚江嫁他动机不纯，那是晚江人格上的疑点，他不认为纯化别人的人格是他的事。

出国前一天，晚江在楼道里烧菜。一切似乎照常，洪敏围着她打下手。他们生活十余年，一直是这样，事情是晚江做，收场是洪敏收。一桌菜烧下来，洪敏要挨个盖上盐罐、糖罐，塞上所有瓶塞，最后关掉煤气罐。

这晚上吃了饭，晚江看着捆好的行李，说她变卦了。她不想跟刘先生走了。她不愿带着仁仁跟一个比陌生人还陌生的男人远走高飞了。她说："他是谁呀？我连他那洋名字都念不上来。凭什么相信他呢？他把我们娘儿俩弄到美国熬了吃不也让他白吃了吗？"

洪敏说有他和九华呢。他要不地道，老少两代爷儿们上美国跟他玩命。

晚江恨不得就一屁股坐下，赖在五楼上那个小屋里。那屋多好啊，给她和他焐热了，喜怒哀乐也好，清贫简陋也好，都是热的。她说："不走了不走了。"她摇着脑袋，泪珠子摇得乱溅。

"我可受够你了，徐晚江。"洪敏突然一脸凶恶。仁仁吓得"哇"一声哭起来。"你他妈干什么事都有前手没后手，事出来了，屁股都是我擦。我他妈受够你了，你也让别的男人去受受你吧。"

晚江渐渐看出这凶恶后面的真相。他其实在说："我想给你好日子过，给你体面的房、衣裳、首饰，晚江，你值当这些啊。可我卖了命，也给不了你什么。你看不到我有多苦吗？我心里这些年的苦，你还要我受下去吗？"

第二天一早洪敏从食堂打来粥和馒头，晚江一眼也不看他。晚江就那样带着一张蜡脸，义无反顾地领着仁仁下楼去了。她知道洪敏看着她迈进停在楼下的汽车。汽车是瀚夫瑞专门租的，里面有大束的玫瑰。她知道洪敏一直看着汽车远去。清晨晾出去的被单、枕套，这时舞成了一片旗。

四

晚江躺在黑色大理石浴室里，看天窗外深深的晴空成了一口井。沿天窗的窗口，挂了几盆吊兰，藤罗盘桓，织成网，同巴西木的阔叶纠缠起来。巴西木与龟背在这里长得奇大，叶片上一层绿脂肪。

晚江每天在浴盆里泡两次。有这样好的浴盆，她不舍得空着它。热气在天窗下挣扭，越来越厚的白色蒸汽渐渐变成水珠，滴在植物叶子上。晚江的体温同蒸汽一起升起，空气是肥沃的，滋养着所有植物。

此刻她感觉她的体温上升、漫开，进入肉乎乎的枝叶和藤葛，进入它们墨绿的阴影，形成虫噬般细小的沙沙声。光线变一下，晚江猛侧过脸，见瀚夫瑞进了浴室。她立刻往水里倒些泡沫浴剂，身体便给藏得严严实实。接连几天，瀚夫瑞在她泡澡的时间进入浴室。她只能以非常微妙的动作，将浴盆边的电话接缘也破坏掉。这样洪敏的电话便打不进来了。他打不进来，瀚夫瑞便不会看出破绽。

这是第十天了。洪敏的电话给堵在外面。

她等得一池水冷下去，瀚夫瑞仍在那里慢慢地刮胡子。洪敏不可能一直等下去。朝着三个方向的镜子里，瀚夫瑞的正面、侧面、背面，都很安详。晚江知道，那一头的洪敏已放弃了，垮着身架走回舞厅，为老女人们喊着心灰意懒的口令"一、二、三、四……"

瀚夫瑞刮了脸，又涂上"Polo"，清香地对晚江微微一笑，走进浴室套间。那里是他和晚江的储衣间，比晚江曾经的洞房还大些。瀚夫瑞每天早上仍是要挑选外衣、衬衫、裤子和鞋袜，仍像从前上班那样认真地配一番颜色、式样，只是省略了领带。退休的瀚夫瑞希望生活还保持一个浓度，不能一味稀松下去。

晚江想，这一天又完了，又错过了洪敏。接下去会是两天的错过，因为是周末。周末晚江对洪敏毫不指望，那两天他最是忙碌，从上午到凌晨，给老女人们伴舞。她知道洪敏最惨的是星期六晚上，他得一刻不停地舞，给一大群浓妆艳抹的女人做小白脸，也是个老小白脸了。

却在星期六晚上的餐桌上，仁仁接了个电话。女孩子随便答了几句话便打发掉了。挂了电话，晚江瞅了她几眼，女孩的神色纹丝不动。

"找谁的？"瀚夫瑞问。

"找刘太太。"仁仁回答。

"事情要紧吗？"瀚夫瑞又问。

"谁知道。"仁仁答道。

电话铃五分钟之后又响起来。瀚夫瑞伸手去接。坐在他旁边的人都听得见那头的热络女人。"请问,刘太太方便接电话吗?"瀚夫瑞请她稍等,便将电话递给晚江。晚江笑眯眯的,心里飞快盘算何时离开餐桌以及怎样能合情合理地独自走开。

晚江同电话中的陌生的女人客套着,一面不紧不慢从餐室出去,穿过厨房。抽油烟机还在转动,她任它转去。陌生女人问:"现在方便了吧?"不等晚江应答,那边的电话已给洪敏抢过去:"喂?"晚江马上听出他来势不妙。"刚才接电话的是谁?是仁仁吧?"洪敏问道。晚江没有直接回答,抓紧时间告诉他,她这十多天一直在等他电话。

洪敏什么也没听进去,"这小丫头怎么给教成这样啦?一句中国话不会说?我说请问刘太太在家吗?她跟我一通叽里咕噜,我又问她一句,她还跟我叽里咕噜,欺负我不懂英文是怎么着?"他火大起来。洪敏不爱发火,但一发就成了野火。这种时候晚江就要放小心了,平时使的小性子,这时全收敛起来。

晚江说:"大概她没听出来是你……"

"对谁她也不能那么着吧——狂的!"

晚江知道他火得不轻,曾经要拿大板砖拍马团长的劲头上来了。平常日子里晚江是爱闹的那个,但只是小打小闹,闹是为了给洪敏去哄的、去宠惯的。过去在一块儿,他们所以从没闹伤过，就是两人在情绪发作时一逗一捧，有主有次。晚江这时任洪敏跳脚蹦高，一味代仁仁受过，也为她开脱，说女孩子在十四五岁，都要作一阵怪。仁仁所有女同学都一样的可恶，对成年人爱答不理，洪敏还是听不进去。

"你们教育的什么玩意儿？一个九华，给你们逼成小流浪汉了。"一到洪敏把晚江称作"你们"，事情就可怕起来。他拉出一条战线，把晚江、仁仁都搁在瀚夫瑞那边，他感受到的不仅是强与弱、尊与卑的对立，他还感到了叛卖。"你们以为你们这样教育她，就能让她的黄脸蛋上长出蓝眼睛、大鼻子啦？"

晚江不吭声了，让他去好好发作，去蹦高。二十多年前，她就懂得洪敏难得火一次，火了，就让他火透。然后她总是抓一个合适的时机哄他。她从来都是把时机抓得很准，一句哄下去，不管事态怎样血淋淋，痛先是止住了。这时瀚夫瑞来到厨房翻找一张账单，晚江心急火燎等他走开。而洪敏因为没及时得到她的哄慰，只有一路火下去。晚江想，这个时分她只消上去递块毛巾，或一杯水，或者轻轻摸一摸他的头发，甚至只消走过去，挨在他身边坐下来，坐一会儿，使他感到她是来同他就伴的，无论他做什么，都不孤绝，都有她的陪伴。

晚江看一眼瀚夫瑞。他翻找东西动作仔细，每样东西都被他轻轻拿起，又轻轻摆回原样。她只能撤退到客厅。

"听我说一句，好吗？"她说。

洪敏一下子静下来。他火得昏天黑地，晚江的声音一缕光亮似的照进来，给了他方向。他立刻朝这声音扑来："你得让我见见仁仁，我非得好好揍她一顿。"洪敏说，"九华小时候挨了多少揍？现在你看怎么样？他就不会像仁仁这样忘本！我揍不得她怎么着？"

瀚夫瑞出现在客厅门口，晚江马上堆出一点儿笑来，用眼神问他："有什么事吗？"瀚夫瑞表示他在等电话用。但他做了个"不急，我等你用完"的手势。"揍才揍得出孝顺，"洪敏说，"揍，这些孩子才不会忘恩负义！"

晚江插不上嘴了。她很深地叹了口气。这声叹息站在跟前的瀚夫瑞毫无察觉，而洪敏远远地却听见了。瀚夫瑞又做了个"不急"的手势，在门口的沙发角上坐下来。晚江此时不能再来一次"撤退"，那样瀚夫瑞就会意识到她有事背着他。洪敏从晚江很深的叹气里听出她的放弃：她身体往下垮，两手苦苦地一撒，意思是：好吧，你就闹吧。他看得见晚江此刻的样子：她突然衰老疲惫起来，让个蹬、打、哭闹的孩子磨断了筋骨，只好这样苦苦地一撒手：你爱怎么就怎么吧！

曾经，洪敏最怕的，就是晚江这一手，安静极了的一松垮、一撒手。那种苦苦的放弃，那种全盘认输的神伤，那种自知是命的淡然，真叫他害怕。

一切都会收在这里。

过了半分钟，洪敏说："晚江，别拿我刚才的话当真啊？都是气话，别气，啊？"

像所有搭档好的男女一样，他们总是相互惹一惹，再相互哄一哄。"就当我刚才的话是狗屁，行了吧？"

晚江见瀚夫瑞的目光收紧了。他自己也意识到这一点，慢慢将眼睛转向别处。他慢慢站起身，表示他不愿碍她的事。晚江的手捂住话筒，说："我马上就讲完。"

瀚夫瑞迟疑地站在那里。洪敏还在说："你没让我气得手心冰凉吧？手心凉不凉？"

"不凉。"晚江说，"烤芦笋就是吃个口感，时间长了，口感就完了，再说色彩也不好看。"

"你过去一气手心就冰凉。"洪敏说。

"行了，现在可以浇作料了。作料一浇就要上桌，不然就是作料味，不是芦笋味了。"

"晚江，你就不能让我见见你？我想看看你剪了头发的样儿。"

"现在怎么样？外脆里嫩就对了。不用谢，忘了什么，随时打电话来问。谢谢你上次订餐。"

最后这段话，晚江和洪敏各讲各的，但彼此都听懂了和解、宽心、安恬。瀚夫瑞想，这下可好了，主妇们遥控着一个烹饪教练，由晚江远远替她们掌勺，她们得救了，这个家还有清静吗？想着他便对晚江说："以后不要随便把电话号码给出去。"

晚江累得够呛，笑一笑，不置可否。

五

雨大起来，瀚夫瑞撑着伞，看晚江水淋淋地消失在雨幕后面。他一般不阻止她什么。他只说："要我是你，下雨我就不跑了。"他只把话说到这一点："我要是你，我不会这么做。"瀚夫瑞不仅对妻子晚江如此，亦以同样的态度对仁仁、路易、苏，一切人。他的态度是善意的，但绝对局外。言下之意是"可惜我不是你。因此你对你的决定要负责，而不是我"。他对苏说："我要是你，一定会重新摆一下人生的主次：不把养鸟作为主要生活内容。"他对路易说："我要是你，就去读个工商管理硕士学位，提拔起来要快许多。"他对仁仁说："换了我，我就把钢琴弹成一流，将来考名牌大学可以派用场。"瀚夫瑞和仁仁的对话里，每天都有"我要是你"的虚拟句式。他每星期六去一个艺术博物馆做四小时义工，也给晚江在艺术品小卖部找了份半义工，而仁仁就去听馆内免费的艺术讲席。仁仁一旦反抗，说她同学中没一个人去听这种讲席，瀚夫瑞便说："我要是你的话，就不去跟任何人比。"碰到仁仁敲他竹杠，要他给她买名牌服饰，他就说："我要是你，我才不上名牌的当儿。"仁仁在这方面很少听他的意见，总是不动声色到试衣室披挂穿戴，然后摆出模特的消极冷艳姿态，对瀚夫瑞说："请不要晕倒。"瀚夫瑞眼光是好的，立刻会欣赏地缓缓点头，同时说："但是，太贵了。"仁仁便说："请不要这么吝啬。"两人往往会有一番谈判，妥协的办法是瀚夫瑞出一大半钱，剩下的由仁仁自己贴上去。仁仁有自己的小金库。每回钢琴考试得一个好成绩，瀚夫瑞给两百元奖金；芭蕾不旷课，每月奖金一百；擦洗车子，每次七八元；学校里拿一个"A"，奖金十元；"B—"罚金五元；和男生通电话，罚金五十；和女生通电话超过半小时，罚金十元。那些细则复杂得可怕，但仁仁和瀚夫瑞都很守规则、讲信誉，前律师和未来的法学优等生一样心狠手辣，但晓理。瀚夫瑞在仁仁身上的投资是可观的，从德育、美育到日常的衣饰、发型，但他并非没有原则。原则是衣饰方面，他的投资每月不超过一百元，超额的由仁仁自己承担。老继父提出，他可以贷款，利息却高过一般信用卡公司。十四岁的仁仁和七十岁的瀚夫瑞在金钱面前有相等的从容，谈起钱来毫不发窘，面不改色，虽然谈判时你死我活，也偶然谈崩，却是十分冷静高雅。仁仁在说"你欠我五元钱的物理课奖金"时，那个风度让人目瞪口呆。那是完美的风度，含有自信的、冷冷的公道。

仁仁正按照瀚夫瑞的理想长成一位上流淑女。瀚夫瑞二十多年前对苏也有过一番设计，而他终于在苏高中毕业时放弃了。

他对路易也不完全满意。路易身上有美国式的粗线条，钢琴学成半吊子，对艺术很麻木，过分热爱体育和股票。在路易成长时，瀚夫瑞事业正旺，没有余力投入到路易的教化中去。而对于仁仁，他现在花得起时间和心血了。他教她背莎士比亚、埃米莉·狄金森，他想仁仁的姿态高贵是没错的，但他顶得意的，是女孩将有精彩的谈吐。

雨稠密起来，也迅猛了。晚江是这天早晨唯一的长跑者。目前，长跑给了她最好的思考形式。她在跑步中的思考越来越有效率，许多事都是在长跑中想出了处理方案。她却一连多日想不出办法去对付洪敏。最近几个礼拜，他每次打电话都要求见晚江和仁仁。晚江叫他别逼她。洪敏说，两年了，他逼过谁？晚江一阵哑口无言。

洪敏来美国已经两年，是他找了个开旅游公司的熟人替他办妥签证。晚江付了那个熟人五千块钱。她和他从不提见面的事，都暗暗懂得见面可能会有后果。后果可能有两个：失望，或希望。希望会是痛苦的，意味着两人间从未明确过的黑暗合谋：瀚夫瑞毕竟七十了，若他们有足够的耐心和运气，将会等到那一天。这等待或许是十年，最多是二十年，但不是无期的等待。他们只需静静埋伏，制止见面的渴望，扼杀所有不理智的、不冷静的情绪。而他们更惧怕的，却是失望，是那相见的时刻，两人突然发现十年相思是场笑话；他（她）原来是这么个不值当的人，如此乏味，令人生厌。失望会来得很彻底，从此他们踏实了，连梦里也不再出现对方的身影。梦中他们见到的，总是十九岁、二十岁的晚江和洪敏，失望会以四十二岁的晚江、四十四岁的洪敏去更替。更替一旦失败，他们连梦也失去了。没人去梦一梦，大概就算是死亡的开始。

晚江对这一切，并没有意识，她直觉却非常好，是直觉阻止她去见洪敏的。

跑到古炮台拐弯处，她见九华和小卡车孤零零在那里。她走近，发现九华睡着了，头歪向窗子。窗缝不严，雨水漏进来，湿了他的头发和肩膀。她轻轻拉开门，坐到九华旁边。她一点儿也不想唤醒他。就是他昨夜又没出息地看了一夜肥皂剧，她也愿他就这样睡下去。她轻轻把他的身体挪了挪，将他的头靠在自己肩上。车外的雨和车内的恬静都特别催眠，晚江不久也睡着了。

她惊醒时雨已停了。云雾在上升，有些要出太阳的意思。已经八点五十分了，她赶紧推开车门。九华睁开眼，正看见母亲在车外跟他摆手道别。他马上拿起盛豆浆的暖壶，向她比画。她笑了笑，摇摇头。母亲两鬓挂着湿头发，湿透的衣服贴在身体上，显得人也娇小了。

晚江跑回去时，心里想，这不难解释，就说雨太大，躲雨躲到现在。

海边没有了瀚夫瑞，晚江便直接回家。家里车库开着，瀚夫瑞的车上满是雨珠。礼拜六，不必送仁仁上学，他开车出去做什么？她发现车门也没锁，欢迎打家劫舍似的。她没有多想，走了进去，捺一下自动开关关上车库门，一转脸，见瀚夫瑞拿一块浴巾下楼来。他裤腿湿到膝下，肩头也有雨迹。晚江说："你先回来啦？看你不在，我还有点儿慌呢！"

瀚夫瑞看一眼她透湿的衣服和鞋，说："你要感冒的。"

他打开浴巾便去擦车身上的雨水。晚江上去，打算把擦车的活儿接过来。他却说："去洗澡换衣服吧，要感冒的。"他慢慢下蹲，擦着车下部，又慢慢站直。他感觉到晚江在看他下蹲、起立时的老态，再一次下蹲时，他加快了动作，尽量灵便，但一只手慢慢撑住墙。

晚江说："我在炮楼里躲了一会儿雨，又怕你着急，干脆不躲了，就跑回来了。"

瀚夫瑞弓腰时险些失去平衡，人轻微向前一栽。他怕晚江又要说"我来"，赶紧对她说："快去洗澡吧！"

晚江问："你刚才开车出去了？"

他说没错。

晚江想等他主动告诉她，他一早开车去了哪里。他只是专心擦车，让话顿在那里，又让停顿延长。她只好另开一个头，说："在炮台里躲雨有点儿害怕呢！"他猛一个起立，膝盖"噼啪"地响。"那炮台里有点儿阴森森的。"她又说，自己恨自己：

有什么必要呢？这样讪讪的。

"我回来的时候，车库门大开，车门也没锁。"

瀚夫瑞说："我忘了。"

他怎么可能忘了锁车呢？他那么爱他的车。晚江一整天都在想瀚夫瑞的反常。仁仁有两个女同学来串门，把食品和饮料全拿到她卧室去吃喝。她们把门关得严严实实，里面传出闷闷的摇滚。午饭之后，仁仁跑到地下室，向苏借卡美哈米亚和黑猫李白。之后，仁仁卧室的门又紧闭了。期间有三个电话是打给仁仁的，瀚夫瑞去敲女孩的门，仁仁说她不接电话。瀚夫瑞叫晚江进去看看，女孩们是否在吸毒。

晚江端了一盆水果沙拉，敲开门，见三个女孩全疯得一头汗。黑猫在一个白种女孩怀里熟睡，仁仁和另一个亚洲女孩在哄鹦鹉开口。白种女孩眼珠上戴了紫色隐形眼镜，仁仁和另一个亚洲女孩以同样方法把眼珠变成了绿色。她们每人都涂了发黑的唇膏。女孩们一副公开的不欢迎姿态对晚江道了谢。

晚江退出来，发现瀚夫瑞在楼梯口站着，脸色很难看。他问晚江是否发现了疑点，比如空气中的大麻气味。晚江告诉他，女孩们不过是涂涂唇膏，改了改眼睛颜色。瀚夫瑞冷冷一笑，说那都是幌子，女孩们躲在浴室里吸大麻。这时从仁仁卧室突然传出警车的长啸，凄厉至极。瀚夫瑞快步走过去，使劲儿敲门，里面笑声哗然而起。瀚夫瑞叫起来："仁仁，给我开门。"笑声越发地响，警车也鸣叫得越发凄厉。瀚夫瑞绅士也不做了，猛力推开门，见三个女孩躺在地上大笑，鹦鹉微仰起头，"唔——唔"长鸣。黑猫李白半睁眼，露出两道金黄色目光。

晚江不由得也笑起来。这只鸟的前主人住在居民区，那警车频繁过往，它便学会了模仿警笛声。

瀚夫瑞有些下不了台。他愣怔一会儿，对仁仁说："请同学们回家吧！"

仁仁一下子止住笑，问道："为什么？"

"不早了，Party 可以结束了。"

仁仁望着老继父，又说："才六点钟啊！"

瀚夫瑞说："可以结束了。"

"为什么？"女孩从绿色隐形镜片后面看着微微发绿的瀚夫瑞，"我们又没惹谁。"

瀚夫瑞和仁仁的对话使两个做客的女孩两面转脸。她们不懂他们的中文，却大致明白两人开始了争执。"尝一尝大麻是可以的，但不可以过分。换了我，我不会把抽大麻看成很酷。我也不会用我的屋招待别人抽大麻。"

仁仁说："我没有在我屋里招待她们抽大麻。"

"我更不会请她们在浴室里抽大麻。"

仁仁要激烈反驳，却突然丧失了兴致。她用英文低声说："得了，爱说什么说什么吧！"

瀚夫瑞给她这句话深深刺痛。他知道天下少女都爱刺痛人，但这记刺痛来自仁仁，他还是有点儿意外。瀚夫瑞很快克制了自己，替女孩们掩上门，终究没有失体面，退场退得十分尊严。晚江想，他这生打输的官司不多，即便输，也是这样板眼不乱，威风不减。

从关闭的门内又传出鹦鹉学舌的警笛声，却没有笑声了。人来疯的鹦鹉感到无趣了，叫到半截停了下来。不久，女孩们的母亲开车来接走了她们。

吃晚饭时，瀚夫瑞很平静，也很沉默。仁仁不时偷看他一眼，开始她还不动声色，脸色雪白，女烈士般的坚贞。渐渐地，她发现瀚夫瑞的平静是真心的，不是为跟她斗气而装出来的。女孩挺不住了，在晚餐结束时说："对不起，我说了谎。"

瀚夫瑞说："这我理解。"他喝了一口加冰块的矿泉水。"换了我，我也会撒谎。撒谎是因为心里的是非还很清楚，对不对？"

仁仁看着他，不吭声。

"撒谎就证明一个人对自己的所为有所害羞。"瀚夫瑞说，"换了我，我也会硬说自己没抽大麻。"

晚江正收拾碗碟，见苏从地下室上来了。她端着一个盘子，里面搁一块血淋淋的牛肉。她拉开微波炉的门，动作几乎无声。然后微波炉里微弱的灯亮了，照在作响的牛肉上，血冒起丰富的泡沫。粉红色泡沫溢出盘子，流淌在玻璃转盘上。几分钟后，苏的晚餐已就绪。她一向把盐和胡椒往肉上一撒，就开吃。刀叉起落，盘中一片血肉模糊，苏也嚼得香，咽得顺畅。晚江见她骑坐在酒吧高凳上，脸还是昨天洗的，枯黄的头发遮去一半五官。苏隔着玻璃门听瀚夫瑞和仁仁对话。同时切下一块看去仍鲜活的牛肉搁进嘴里。她咀嚼得十分文雅，还有瀚夫瑞栽培的闺秀残余。她的刀叉也是雅静地动，闪出瀚夫瑞的理想。晚江从她身边走过，看见灯光在她面颊上勾了一层浮影，很淡的金色。那是苏过长的鬓角，也可以说，苏是暗暗生着络腮胡的女子，只是那髯须颜色浅淡，得一定的灯光角度才使它显现，苏很少接受邀请参加家庭晚餐，她想什么时候晚餐就什么时候晚餐，想吃什么就吃什么。

厨房一股稠酽的血腥。瀚夫瑞一时想不起这股气味是怎么回事，便在心里蹊跷一会儿。这时他一眼看见，正要溜出厨房后门的苏。她打算从后院楼梯进入地下室。

"苏。"瀚夫瑞叫道。

苏茹毛饮血地一笑。她穿一件宽大的T恤衫，上面印着"变形金刚"，几年前它大概穿在一个大个头男孩身上，下面是件大短裤，打两只赤脚。这幢豪华宅子里一旦出现垃圾：带窟窿的线袜，九角九分的口红、发夹，或霉气烘烘的二手货毛衣、牛仔裤、T恤，一定是苏的。

"你有一会儿工夫吗？"瀚夫瑞问道，"我可不可以同你聊两句？"他看着这个女子。她是他白种前妻的女儿，多年前一个天使模样的拖油瓶。瀚夫瑞一年见不了苏几次，见到她，他总会有些创伤感：白种前妻情欲所驱，跟一个年纪小她十岁的男人跑了，把六岁的苏剩给了他。前妻偏爱路易，同他打官司争夺两岁的路易，但她官司输掉了，把路易输给了瀚夫瑞。就是说瀚夫瑞生活中有一片创伤，以苏为形状，同苏一样静默的创伤。

苏说："当然，当然。我没事。"她知道瀚夫瑞怕看她的头发，赶忙用一只手做梳子把长发往后拢了拢。其实从路易扔掉了她的梳子，她迄今没梳过头。

晚江心里一紧张，一只不锈钢勺子从她捧的那摞盘子里落出来，敲在大理石地面上。

"你现在在哪里工作？"瀚夫瑞问道。

"在宠物商店啊！"苏说。

瀚夫瑞看着她喝酒喝变了色的鼻头。这鼻头更使苏有一副流浪人模样。这时仁仁走出餐室，晃晃悠悠提一只空了的矿泉水瓶子和细亚麻盘垫，见瀚夫瑞和苏的架势，向晚江做个鬼脸。

"哪一家宠物商店？"瀚夫瑞问。

"就是原来那一家。"苏答道。

瀚夫瑞不知从哪里摸出一张纸片，朝苏亮了一下。

"这是一家宠物医院。那位女兽医说，你明天不必去上班了。"他把那张小纸片往苏面前一推。

苏的脸飞快地红起来，红的深度依然不及鼻子。

晚江轻手轻脚地冲洗盘子。仁仁轻手轻脚地将一只只盘子搁入洗碗机。

"事实是，你早就不在原先那家宠物商店工作了。对不对？"瀚夫瑞说。"我并不想知道他们解雇你的原因。因为原因只会有一个。"

苏慌乱地低着头，两只赤脚悬在凳子与地面之间。人在局促不安时不应该坐在高脚凳上。像苏这样上不挨天下不沾地，更显得被动和孤立。晚江涮着一只炒菜锅，仁仁已张开毛巾等着擦干它。两人都在走神儿，或说两人听酒吧这边的谈话正听得入神。

"那么你在这家宠物医院，每天工作几小时？"

"我根据他们的需要出勤。得看寄宿的宠物多不多。有时三个遛狗员都忙不过来。"苏说，"比如上个星期，我上了六十几个小时的班。"

瀚夫瑞不作声。他一不作声，你就更迫不及待地想说话，想辩白。她说她对不住瀚夫瑞，但她不是有意要瞒他的。她每天都想告诉他，但每天都错过了同他的碰面。她说她感谢他主动提起这件事。瀚夫瑞仍不作声。他的沉默进一步刺激了她，使她更加饶舌，也就使她的饶舌更显得多余和愚蠢。她说其实她并不在意失去宠物商店的固定工作，因为她更喜欢遛狗员的差事，前者她更多地同人打交道，而后者她只需

和动物们打交道。和动物们打交道时你会意识到世界是多么
省事。动物让你感到人是多么冷血、多么虚伪、多么可憎。
瀚夫瑞就那样静静的，脸上有点儿被逗乐的神情。她终于意
识到这样说下去会收不了场，便神经质地一下子停顿下来。
之后，她又说："希望你能原谅我，瀚夫瑞。"

"原谅你什么？"瀚夫瑞怔怔的，似乎不知道他有那么大
的权威去原谅谁。

"原谅我撒谎。"苏说。

瀚夫瑞站起身，手按了按苏的肩膀。他走出去半晌，苏
才又重新拿起刀和叉，"吱啦啦"地在瓷盘上拉着冷掉的肉。

晚江对仁仁使了个眼色。仁仁不动，她的眼色狠起来，
女孩向客厅走去。客厅里传来仁仁和瀚夫瑞的对话，没人能
听见他们在讲什么，但谁都能听出那份知己。五分钟后，仁
仁的钢琴奏响了。晚江知道女孩向老继父讨了饶。晚江把大
理石地面上的水滴擦干净。她一边擦一边后退，以免再去踏
擦净的地面。她发现自己握拖布的手吃着很大一股力。她在
瀚夫瑞跟苏对话刚刚开始时，就明白了一切。瀚夫瑞在早晨
做了什么，她全明白了：他见雨大起来，便回家开了车出来，
打算去她的长跑终点接她，却看见晚江在破旧的小卡车里和
九华相依而眠。他为那份自找的沦落感而恶心。他们偏要搞
出这种孑然而立、形影相吊的悲剧效果，难道不肉麻？他原
想叫醒他们，但想到一场窘迫会把自己也窘死，便掉头走开

了。他决定以别人为例来点儿穿它。他一天都在借题发挥，指桑骂槐。

晚江想，随你去指桑骂槐吧。揭出来，大家羞死，因为你制止母子的正常往来，你却制止不了他们的暗中往来。对于一个母亲，任何不争气的孩子都是孩子，都配她去疼爱。要说我的爱是野蛮的、兽性的，就说去吧。她只要还有一口气，就有一份给九华的爱。你不挑明，好，你就忍受我们吧，你要有涵养，就好好涵养下去。

她收拾了餐室，脚步轻盈地走出来，对苏扬起嗓子"Hi"了一声。苏暗自回头，发现晚江猝然的好心情不是给别人而是给她的。她赶紧也"Hi"回去。晚江问苏要不要来点儿汤。苏想这女人今晚怎么了。她说："好的，谢谢。"晚江盛了一碗汤，放到微波炉里，以食指在数码上飞快地一掀，然后她一只脚掌踮起，将自己旋转起来，转向苏，笑了一下。她心里还在说："你瀚夫瑞想做个高尚的人，永远在理，就做去吧。"

苏也赶紧还个笑给她。晚江把热得滚烫的汤端到她面前，然后两手就去捏耳垂，脚还小蹦小跳的。苏心里想，她从来没发现这个女人如此年轻。晚江拉开抽屉，拈起一个汤匙，递给苏。苏从来没受过人这般伺候，觉得马上要累垮了。她赶紧去对付汤，一圈一圈搅动，要搅到合适的温度，免得喝出声响来。晚江却笑起来，说喝中国汤温度是滋味之一，没温度就少了一味，滋味好，你嘴巴尽可以热闹。晚江心里仍没有休止："你瀚夫瑞要做君子，那你就好好看小人表演吧。"

"苏，你以后一定要来吃晚饭。多一个人吃饭，我也好有借口多烧两个菜！"

苏想，别管真假，先答应下来再说。她热情地喝着汤，一缕浅黄的头发在汤面上扫来扫去。

"你答应了？"晚江的手指住她。

苏马上连说："谢谢。"苏的流浪天性在此刻全在她眼睛里。那是一双焦点不实的眸子，有些褪色。你认真同她说话，她会努力对准焦距。

那天晚上，路易下晚班回来，对谈笑着的晚江和苏非常惊讶。晚江高高坐在吧凳上，地板上堆了一堆毛衣、线衫、T恤，一看就是晚江和仁仁穿剩的。苏正套了一件仁仁的少儿绒衣，上面印了只金黄刺眼的"Twitty Bird"，腿上是晚江的紧身裤，紧得随时要爆炸。他嘴里向她俩问候，眼神却很不客气："你们俩为了什么样的无聊目的走到了一起呢？"

六

每次晚江做鸡尾酒会餐，都会雇用两个男学生、两个女学生。其中一个男学生是南美人，在一家私立的厨艺学院读书，指望将来成个科班的法餐厨子。他领导四个雇员的服饰潮流，以及表演台风。四个年轻雇员一身白衣，头戴白色厨师帽，天鹅一样高傲地在上百人的酒会中去游。

晚江很少到前台亮相。她只是把事先准备好的食物塞入烤炉、蒸笼。她的紫菜蒸三文鱼是要到现场做的。她信不过超市的鱼，同一家鱼行直接订货，鱼都是当天早晨捕获的。她将鱼切成条，直径铜板大小，再以大张的紫菜将它裹住，用糯米浆封住口，一个卷筒形成了。再把它截成六七截，摆到笼屉上。

瀚夫瑞见晚江一绺头发挂下来，她"呼"地吹开它。她做事的样子非常迷人，手势、眼神、腰肢，都像舞蹈一样简练而准确，没有一个步伐、动作多余。她用小型榨碎机绞出鲜柠檬浆，再对些淡色浆油进去，便是紫菜三文鱼的作料。他瞄一眼手表，整个过程才十分钟。假如说晚江是这场酒会的主演，她的表演唯有瀚夫瑞一个人观赏。唯有他有如此眼福看晚江舞蹈着变出戏法：鲜蘑一口酥、鸡汁小笼包、罗汉翡翠饺、荞麦冷面。瀚夫瑞想，这个女人怎么如此善解人意？她很快把菜做得这样新潮。她已基本不用猪肉和牛肉了，所有的原料都是报刊上宣扬的时尚食品，都让人们在放纵口腹之欲时，保持高度的健康良知。薄荷鸡粒登台了。一片片鲜绿的薄荷叶片上，堆一小堆雪白的鸡胸颗粒。这场操作有几百个动作：将预先拌好的鸡肉一勺勺舀起，放在两百片薄荷叶子上。换了任何人做，失手是不可避免的，而一失手就会使节奏和动作乱套，一切就成了打仗。而晚江像对前台的一百多食客毫无知觉，那一百多张嘴连接起来是多长一条战线，她毫不在意——她只做她的。闲闲地一勺一勺地舀，一片叶子一片叶子地填，以一当百，一个打错的靶子都没有。

瀚夫瑞在晚江结束这道菜时深喘一口气，是替她喘息。她两手撑着叶子，眼盯着下一道菜，似乎在定神，又像是战前目测行动路线。她穿白色棉布短袖衫和浅蓝牛仔裤，一个清爽的野餐形象，瀚夫瑞想。即使是手把手去教，那些主妇一生也学不成晚江这样。你看她此刻两眼茫茫的，但谱全在心里；或许更玄，她心里都没准谱，一举一动，就全成了谱。

晚江从五年前打起招牌，做此类食品堂会，生意不旺，也不冷清，一个月总要开张一两次。瀚夫瑞替她管账，包括分发雇员工资。每次结账，她剩不了多少钱，最好的时候只能有千把元收入，但每做一次，她都标新立异。你会觉得一百多名客人都是陪她玩耍的，她要看看自己的恶作剧在他们那里的反应。

偶尔会有客人对预科法餐厨子赞美菜肴的美妙。预科大师傅便略一颔首，模棱两可地认领了原本属于晚江的赞美。他本想从晚江那里学几手，或者索性偷几手，却发现她路子太野，随心所欲，甚至扑朔迷离，因而任何的菜肴都不易重复。对于难以重复的东西，都是缺乏科学的；科学的第一项特质就是可重复性，预科大师傅对于晚江缺乏科学的厨艺，便从此一笑置之了。

这时预科大师傅给两位五十来岁的女人缠住，要他供出做这些菜肴的绝招。她们逼得他无奈，只好承认这并不是他的厨艺。预科大师傅把晚江从厨房里领出来。晚江一身一脸的闲情逸致，朝两位上流妇人浅鞠一躬。

她抬起头，看见观众里多了一张面孔。两位妇人身后，站着洪敏。一刹那，她感觉这张面孔变了太多，五官都有些发横，个头儿也不如记忆中硕长。十年带走了他身上和脸上的不少棱角，给她的第一印象是圆滑。人的外形也是会圆滑的，这圆滑便是一种苍老。她也在洪敏眼里，看到相仿的感叹。他也穿越了陌生和疑惑，终于认定了她。

她笑了笑说："哎呀，你怎么在这儿？"

"嗯。"他也笑一下，"你行啊，做菜成大腕儿了。"晚江对他的用词似懂非懂。其实他和她对于彼此都在似懂非懂当中，因为这时分，对某句话、某个词儿的具体理解，变得次要了。

晚江向两个热心的妇人道了歉，硬是撇下她们，走到洪敏跟前。她眼圈一红，他的笑容也撑不住了，面容顿时变得很难看。她把两个拇指插在牛仔裤两侧的兜里，成了个手足无措的女中学生。他告诉她，他偶然听到夜总会一位女会友提到晚江，女会友只说有这么个中国内地来的女人，做菜做得很棒，中西共赏，他就猜到了晚江。他便设法混进了这个酒会。

"你真是的……我一点儿都没想到你会在这里。刚才吓死我了。"晚江说。她手一抹，横着挥去两颗泪珠。

她一旦开始用这种闹脾气的语调说话，一切陌生、疑惑都过去了。洪敏以一个极小的动作，领她向门外走去。几乎不是动作，是男舞伴给女舞伴的一个暗示。她跟着他走的时候，忘了瀚夫瑞还在厨房里等候她。她只是打量洪敏，他穿一条卡其色的棉布裤子，一双棕色皮鞋，上衣是件黑西装便服，里面衬着黑衬衫。打扮是登样的，姿态也是好的，而太可体的衣服在一个男人身上，就显得一点儿轻薄来。晚江自然不会这样去想洪敏。她只是觉得他的打扮和一个夜总会交谊舞教员很吻合。

走过门口，几个中年的亚裔女人同洪敏点点头，也好好地盯了一眼晚江。她们的目光告诉晚江，她们是知道故事的人。

洪敏对其中一个中年女人说："看着点儿，假如那个戴眼镜的老头过来，给我报个信儿。"他指的是瀚夫瑞。女人们笑嘻嘻地拍他肩、打他背，大声说："放心吧，我们一定帮你缠住他。"

晚江顾不上她们有些肮脏的笑声脆得刺耳，她只顾着看洪敏。一阵子的批评过后，她感到他是那么顺眼。在门外，他一伸手，拉住了她的手。

他们手牵手来到电梯后面一个死胡同里。走廊里灯光照

不进这里，两人再也无须相互打量了。晚江感觉洪敏的下巴
抵在她额上。她便用额去抚摩这下巴，那上面刮脸刀开动着
来回走，走了三千六百五十个早晨。她的额角抚出了他面颊
上那层铁青，很汉子的面颊。抚着抚着，晚江哽咽起来。

他触摸到她两个肩胛骨因哽咽而有的耸动。他开始摇她，
想把她哄好，却越哄越糟。她挣扭起来，抽出一只手，在他
身上胡乱地打。徒劳一阵，他就随她闹去了。她累了，由他
抱着，歇在那里。两人全失神地站着，呼吸也忘了。他慢
慢从衣袋里拿出一包纸巾，抽出一张，塞给她。她的手麻痹
地拿着纸巾，不知该用它做什么，他只好把她的脸扳得稍稍
朝向走廊的灯光，拿纸巾把她脸擦干。他感觉她下巴在他掌
心里抽搐得很凶。他轻声说："你剪短头发很好看。"

她想，这句无聊到家的话什么意思呢？她说："难看你也
得看。"

他本来想说："要不是我硬来，还不知道哪年哪月才见得
到你。"但他知道这话讲不得，此类话在眼下的情形中万万讲
不得。"你咋会难看？你要想难看还得费点儿事。"

"你心想，她还不定老成什么样呢！"她说。心里不是
这句话，心里是："多亏你横下心，不然我是下不了决心见你
的。"她也明白这类话不能说出口，说出口，他们就真成了同谋。
十年前，他和她完全是无心的，他们当时没有任何谋划的意思。
若把那类话吐出口，他们便再也清白不了了。苍天在上，他

们当时半点儿阴谋也没有。而这十年，却秘密地成了他们的埋伏期。

晚江的面颊贴在洪敏胸口上。他的气味穿透了十年，就是他送走她那个早晨的气味，是那个挂美丽窗帘的简陋小屋的气味。这气味多好，永不改变，用什么样的廉价或昂贵的香水，都休想使它更改的原汁原味的洪敏。戒烟也是无用的，晚江能嗅出他的一切癖好、恶习，嗅出他少年受伤的膝盖上贴的虎骨膏药，以及他每一次在分房落选后的烂醉。

洪敏抱着她。他们的个头和块头一开始就搭配得那么好，所有凸、凹都是七巧板似的拼合，所有的缠绕、曲与直，都是绝好的对称体。她生来是一团面，他的怀抱给了她形态。他在她十七岁、十八岁、十九岁时，渐渐把她塑成。从混沌一团的女孩，塑成一个女人。他想得远去了：北海那些夜晚。他和她的新婚洞房什么也避不开，两个女室友的眼睛里，你看得见她们又馋又饥渴的好奇心。他们的新婚之夜在北海公园里，那年的大半个夏天，他和晚江的两件军用雨披，就是营帐。九华的生命，就在其中某个夜晚悄然形成。

"仁仁好吗？"洪敏的气息在晚江耳朵边形成字句。

他感觉到她点点头。她点头点得有些负气，认为他这句话问的不是时候。她的负气他也感觉到了。因为他在躲她。他不能不躲，这是什么地方。

"真想看看这小丫头……"

晚江又点点头。想想不对，再摇一摇头。

女人贼头贼脑地四下望着，洪敏赶紧走出去。她马上打量一下他和阴影里的晚江，说："不得了，戴眼镜的老头找她找疯了。"女人手指着晚江。"他先跑到女洗手间，在门口等了十多分钟。"

晚江一点儿力气也没有了。她麻痹地站着，任五十岁的女人给她理头发、涂口红。女人边忙碌边用眼角挤出勾结意味的笑。她又掏出一个粉盒，嘴里啰里啰唆说晚江面孔上的妆早到洪敏脸上去了。

晚江就那样站着，任人摆布。洪敏和她隔着这五十多岁的女丑角，相互看着，眼巴巴的。直到两天过后，晚江才听懂洪敏那天晚上最后一句话。他说他要去看仁仁。如果没法子，他就去她学校看她，放心，他能打听出她的学校，整个旧金山，有多少私立女校呢？

仁仁下午上完芭蕾课，去淋浴室淋浴。晚江替她吹干头发时，突然捺熄了手里的吹风机。她的手梳着女孩微削了发梢的头发。仁仁跟所有女同学一样染了头发，但色彩很含蓄，上面略浅的几绺只强调头发的动感。晚江想，气氛是对的，合适于母亲跟女儿咬咬耳朵。她说："仁仁，有个人想见见你。"

仁仁回过脸看母亲一眼。她脸上没有"谁？"她知道谁想见她。

　　"你爸爸想见你。"晚江想勾起女孩的好奇，想吊起女孩的胃口，却失败了。"你不想见见你亲父亲？他来美国两年了，一直想见你。那天他打电话，是你接的。他一听就知道是你。你一句中文都没讲，他也一下子听出你的声音了……"

　　仁仁说："我知道。"

　　"你也听出他的声音了？"

　　仁仁又侧过脸看她一眼。她的眼光有点儿嫌弃，似乎想看母亲在瞎激动什么。她这个年纪的女孩觉得性也好、爱也好，都不该有四十岁以上女人的份儿了。她回答得很简单，并用英文。她说她得考虑考虑，有没有必要见一个她并不记得的父亲。晚江愣住了，渐渐有了羞辱感，然后，创伤感也来了。她说一个人怎么可以不要自己的父亲？仁仁说谁说不要父亲？瀚夫瑞是父亲的典范。

　　晚江张一下嘴，话却没说出来。她吞回去的话很可怕："你小小年纪，不要有钱便是爹，有奶便是娘。"但她马上发现，咽回去的话仁仁也懂。仁仁老三老四地说人大概不能选择母亲，但能选择父亲，父亲是晚辈的榜样，是理想。最重要的，对父亲的认同，是人格认同。她是用英文讲的这些话。晚江觉得这女孩一讲英文就变得讨厌起来。

　　仁仁从晚江手里拿过电吹风机，自己接着吹头发。她在这点上也和其他美国女孩一模一样，摆弄头发的手势非常好。

　　晚江一直想不出反击女儿的词句。仁仁突然停下吹风机，给母亲下马威似的来了两秒钟沉默。然后她问母亲，是否打算把这件事瞒着瀚夫瑞。晚江问："什么事？"女孩可怜她似的一笑："什么事？你生活中存在着另一个男人这桩事。"仁仁的样子锋利起来，晚江感觉瀚夫瑞那双看穿人间所有勾当的眼睛通过仁仁盯着她。她对着十四岁的女孩畏缩一下。

仁仁说："你们这样胡闹，总有一天要闯大祸的。瀚夫瑞总有一天会知道。"

"他知道又怎么样？"晚江大声说，恼羞成怒，面孔涨得通红。

女孩耸了耸肩。她的意思是："好了，不要背地里英勇无畏了——不怕瀚夫瑞知道？那你们干吗偷偷摸摸打电话？"

晚江理屈词穷地瞪着女儿。她想她怎么落到了这一步，让这个小丫头来审判她。在没见洪敏之前，她对小丫头全是袒护。她不知道自己怎么会一股脑儿全不要了曾经的立场，那个"揍"字在她右手心上痒痒。

仁仁说："妈，我们走吧！"她用她惯常的语调说，还保留了最后一点儿奶声奶气。仁仁的眼睛里，有一种疲惫，是早熟的少年人的疲惫。这眼神往往给女孩掩饰得很好，百分之七十的时间，她是不成熟的。此刻，她疲惫地一笑。晚江觉得她读懂了女孩不便点明的话：瀚夫瑞是多疑的，他实在看了太多的人世间伎俩，他太认透人了，因而太有理由先从负面去想人。瀚夫瑞亲手办过的移民官司，绝大多数含有阴谋。那些相互榨取利益、相互利用弱点，最终，要么牺牲一方，要么两败俱伤的阴谋。

七

　　星期六上午，是个夏天。旧金山的夏天不是论季的，而是论天的。夏季不存在，夏天有几日是几日，在海风吹冷它之前，在雾上岸之前，有一会儿暖和或暑热，就算夏天了。人都珍惜以日计的盛夏，在太阳把温度晒上去的下午，全晾开自己的背、腹、四肢，在公共草地上躺成粉红的一片。偶然有警车"呜呜"地过去，一定哪里出现了全面晾晒自己的人，一丝不挂地过足太阳瘾。

　　满院玫瑰花也是赤裸裸的。玫瑰不应该这样啊，晚江心里想，玫瑰怎么成了葡萄，一嘟噜一嘟噜结得那么臃肿。

　　从她的视角看去，仁仁像是躺在玫瑰上。她穿一条牛仔短裤，上身的背心和裤腰衔接不上，留出两寸宽的间隙。仁仁的肚脐眼缝在这样的气候是必须见太阳的。女孩平躺在石头廊沿两寸宽的扶手上，胸口上搁一小篮草莓和一碟炼乳。她拾起草莓的把，在炼乳里蘸一下，然后提起来，等炼乳滴净。在她等待炼乳一滴一滴落入碟子时，她嘴唇微启，像是等不及了。也似乎她就是要馋一馋自己，把自己当小狗小猫逗一逗，逗得馋劲儿实在按捺不住，嘴巴要朝草莓扑上去了，她才一松手指，让草莓落入她张开的嘴里。这个回合还不算完，手指又一次扯住草莓，把它从齿缝里扯出来，再让它悬在半尺之上，继续挑逗她自己。女孩真会跟自己玩啊！

太阳照着仁仁的身体，幼芽一样茸茸的四肢虚在光线中，随时要化进这个灿烂的下午。她咀嚼时闭上眼睛，呼吸深极了，嘴唇仔细地抿住一包浅红的果浆，太阳里看，她的嘴唇也是一种多汁的果实，快要成熟了，浆汁欲滴。一个裹了炼乳的草莓有那么好的滋味吗？在仁仁那里，它的滋味好得要命。不是纯甜的，有一丝酸和鲜果特有的生涩，使她浑身微妙地一激灵。

吃草莓的女孩。

路易从仁仁身边走过，脚步放轻也放慢了。他抱着一大包烤肉用的木炭，走下石头台阶。他将炭灰从炉子里清出来，灰白的粉末飞扬着，给太阳一照便不安分起来。他再一次去看吃草莓的女孩。对别人来说，她就是那颗汁水欲滴的草莓，人们可以拿视觉来尝她。也不纯甜，也带一股微酸和生涩。路易也微妙地激灵了一下。

他想起得把陈炭灰清理掉，便返身上台阶。他走近仁仁时，脚步又放慢，又放得很轻。他眼睛里的仁仁，滋味好得要命。仁仁听见他走过去，又走过来，她眨了眼朝他笑笑。路易却没有笑。

苏的两只猫不知到何处串了门,这时回来了,卧在烤肉炉附近。两只猫,却共有七条猫腿,雄的那只一条腿残了,却不耽误它跑也不耽误它跳。

仁仁唤了一声,三脚猫跳着华尔兹蹭到她怀里。她让它卧在她胳肢窝里,长毛簇拥她的脖子和面颊。路易想,谁不想做这只猫呢?谁都想做这只奴颜婢膝的猫,给女孩一份最好的爱抚。

晚江这时拿着笤帚和簸箕走出来。她一眼看见路易。她看见他那只深棕色带绿影的眼睛那么入神。两个黑中透绿的眸子苍蝇一样叮在仁仁身上;"苍蝇"带一线细痒和潮湿,在女孩的肚脐眼儿周围慢慢爬动,往上爬一爬,再往下。晚江顿时悟出了什么——

在五年前路易的毕业大典上,他眼睛朝着她的那个发射:那意义含混因而意味深长的一瞥目光,那去除了辈分、人物关系的一瞬间。晚江顺着它理下去,她发现五年来她和路易的每一次相顾无言,每一个无言而笑,都串联起来,一路牵到此时此地。五年前他那瞥目光竟是深深埋下的定时炸弹,导火索暗中牵过来,终于给点着了。仁仁是朵火花,在导火索梢头上簌簌燃起。她在五年前感到的危险,始终暗缩在那里,而此刻却给这火花照亮了。这个突然的、丑恶的危险。一个夯着长鬓毛、长墨绿眼睛的危险。仁仁对着他的兽脸眯眼一笑,纯粹小贱货的微笑。晚江心里一阵漆黑——她五年前收养了那只幼兽,五年里她不知不觉地在喂养它。它终于露出原形,已是膘肥体壮、生猛丑怪,这只叫作"天伦"的大兽。

晚江引火烧身地叫了一声"路易"。

路易怔了怔。魂魄回来了,他又还原成了英武的路易。"你帮帮我呀!"晚江做出拿不动那些炭灰的样子,身子斜出去,胯支得老远。这样的嗲许多年前就从仁仁身上蜕去了。

路易忙走上来,接过她手里的簸箕。手跟手相遇,热热地错过、相离。这类触摸像那些目光一样深奥,讲着它们自己的对白,成了一种只在他们之间流通的语言。这语言不可诠译,心灵与肉体却都懂得。

"你们想照相吗?"路易用汉语说道。他很少说中文,仅拿中文来出洋相,他若想做活宝就说中文。而眼下他一本正经,没有一点儿要猴的意思。

"我们不想照相。"仁仁把路易五音不全的中文照搬过来。

"那你们想干什么?"路易没意识到仁仁在取乐他,或意识到了也不介意。

"我们就想无聊。"仁仁又说。

晚江笑出声来,远比仁仁天真无邪。路易却很快端出相机来。他拍照比进靶场打靶还快,对准仁仁一阵猛扫。

"给我留点儿那个。"他不会说"草莓"。

晚江在一边说:"草莓。"

他转过相机，对准晚江。他学舌地："草莓。"他说成一个阴平、一个阳平。

晚江通过相机对他笑。她要把火力从女儿那里吸引过来。她豁出去了，命也不要地笑着。

路易赶紧把相机挪开，看看他的继母怎么了。她看着他，意思是："怎么，这个笑还不够花痴吗？"他马上又把脸藏到相机后面，一时间焦距乱七八糟。他把晚江的脸拉近，更近，近到了很放肆的地步。他身体深处有静默的呻吟。他生命的一半，是亚洲的，和这女人相同。他就把她拉到自己跟前，好好地对照那一半相同。这就是了，他身上稍深的一层肤色，稍细腻的那些肌肤，那些黑色的毛发。他的黑色毛发，便也是她的。

路易走过去，手扶了扶晚江的腰肢，说："稍微转过去一点儿。这样——好的。"他的左手撑贴在她的上腹部，声音沙哑。

她看他一眼。他马上抽开手，目光掉落到地上。她笑了，笑的内容暧昧而复杂。只要你不去祸害我女儿，要我什么都行。她和他之间反正有一万重不可能。而他和女孩，下一分钟就可能生出一万重可能。她故意把身体拧得过了分，给他纠正她的余地。他果然中计，手扳着她的肩、下巴。那手指上没长毛，谢天谢地。是跟她相同的那一半使他有了亚洲人光润的手。她看那手离她的胸只有两寸。他和她突然来了个对视，两人同时知道那只手想做什么。她穿的吊带连衣裙极软、极薄，下面那具肉体的所有变化都一清二楚地投射在它上面——

路易一清二楚看见了九华和仁仁曾经吮吸过的。

路易心里一阵妒忌和羡慕。他没有吮过那些圆圆的乳头，多么不公道。那两个圆圆的突起就在咫尺，它们还在饱满、还在膨胀。

"这样行不行？"她知道他视觉的一部分逗留在她身体的那一带。

"这样——"他的右手滑落到她腰和臀之间，左手将她右肩往后一推。

路易的气息拥住晚江。他的气息也没有变。十年前她来到这家里，他在上大学一年级。他的卧室空着，他的气息都在那里弥留。晚江记得那时路易是从来不出现的。每次寒暑假回来，他总花一半时间在睡觉，另一半时间出门，因而他和她的正面会晤，是在他的毕业大典上。路易的气息十分年轻，和十年前一模一样。晚江精通厨艺，因而她靠气息去感知一切。她感觉路易的气息在进犯她。

"你今天怎么净说中文呀？"她笑着问他。

"我有时在酒店里也说。酒店里每个月都会来一个中国代表团。"路易在相机后面说道，"我小时候，在美国人里讲中文，在中国人里讲英文。"他露在相机下面的半个面孔哈哈地笑起来。他不介意暴露自己有多么哗众取宠。

晚江看见另一只猫也投奔了仁仁。猫对气息更敏感。正如晚江能嗅出食物的咸淡，鲜美与否，猫能嗅出人的善意、慷慨。两只猫不久就把舌头伸进炼乳里去了。仁仁就与猫共餐：两条猫舌头和仁仁捏草莓的手指起落有致、秩序井然，非常文明的一个小部落。

路易站在晚江对面，思考下面一张照片的画面。他走神走得一塌糊涂，晚江得逞了，她要的就是这个。她抬起双臂绾头发，问路易是否可以来一张发型不同的。路易看她一眼，有点招架不住地笑一下。他突然看见苏的地下室窗台上有一堆橡皮筋，送报人捆广告用的。苏攒一切破烂。他取了一根紫色橡皮筋，递给晚江，要她用它固定头发。两人在此时对看一眼。

"你帮我吧。"晚江一转身，给他一个脊背，"我手脏"。

他的手指胆怯地上来了。她感到他从来没摆弄过任何女人的头发。手指头是处子，动作又笨重又无效率。星星点点的疼痛来了，晚江两手背向脑后，领他的路。

"以后给你女朋友帮忙，就会好很多。"

他的呼吸吹在她脖子上。头发下面，是一片凉飕飕的赤裸。他的手摸了一下她脖子。她不追究他是有意还是无意。给仁仁点燃的导火索暗中给转了方向，晚江看那火花一径朝自己爆来。

"我跟我女朋友吹啦！"他假装大大咧咧地说。

"哪一位女朋友？"

路易一愣，又哈哈地笑起来。头发挣脱了他的手。

"说，哪一个啊？"

"我最喜欢的那个。"

晚江自己来摆头发。两个胳肢窝亮出来，显得那样隐私，路易脸红了。她见他脸红，小腹根部一阵惊醒。路易说她这样的神色很好，保持住它。他便向后退了几步。他不能不退远些，一身都是热辣辣的欲望。晚江想，这个英俊的杂种还是纯洁的。

路易要晚江把那个姿势和神情固定住。他一直用长焦距把她往近处拉。谁也不必识破真实感觉，这些感觉是无人认领的。它们没有名分，"无名分"可真能藏污纳垢啊！而路易和仁仁，却可以有名分。那她晚江就惨了，输掉九华，还要再输掉仁仁。她最终连路易给她的这点无名分感觉都要输掉。

车库门的自动门关响了。路易和晚江同时松口气：玩感觉就玩到这里吧。瀚夫瑞回来了，带回三个圣约翰大学的校友。他们刚参加了一个校友的葬礼。这是一年之内举行的第三个圣约翰校友会葬礼。瀚夫瑞从不邀请晚江出席这类葬礼。他甚至不向她说明他的去向。她只是留心到他着装的标准：一旦他穿戴起最考究的服饰，她就知道他出席校友的葬礼去了。她也明白一个规律，葬礼后瀚夫瑞总会把外地出席者带回家来，叙叙旧，再吃一餐晚饭。

瀚夫瑞一身隆重的礼服来到后院，叫晚江准备一些酒和小菜。他说："开那瓶三十年的 Merlot 吧！"

"少喝点儿酒吧，天这么热。"晚江脱口说道，同时她心里问自己：我心虚什么？一柜子珍藏酒给偷喝光了跟我有什么相干？

"他们难得来，我看至少要开一瓶 30 年的 Burgundy。"他走进餐室。

她想，出席葬礼是有益的，让瀚夫瑞这样节制一生的人也疯一疯。"那也该是餐后喝啊！"她说，同时又是一阵不解：我操的什么心？纸迟早包不住火。

却不料瀚夫瑞同意了。他说："好吧，那就晚餐之后喝。"他把拉开的酒柜门又关上。

晚餐是露天的。后廊台上摆开一张长形折叠餐桌，晚江在台阶下面的炭烤炉上主厨，路易和仁仁轮流做服务生，端菜、上饮料。两人在台阶上相遇，总是相互损一句：走这么慢，长胖了吧？谁长胖了？你才胖呢。我给你十块钱，你去称称体重？我给你二十块，你也不敢称……

混血小子和女孩谁也不吃谁的亏，针锋相对地挑逗。每完成一个回合，两个脸上就增添一层光泽。

太阳还没落尽。阳光里，瀚夫瑞和三个老校友穿着隆重的礼服，谈着五十年前的校园生活。一个校友染的黑发黑得过分了，你能感觉那黑色随时要流下来。他讲起学校的戏剧俱乐部，很快老校友你一句我一句背诵起莎士比亚来。瀚夫瑞脸油光光的，忽然叫住仁仁。

"How all occasions do inform against me……下面呢，仁仁？"

仁仁塞了满嘴的烤肉，看着老继父。他们在说什么她一句也没听见。

"她六岁的时候，这一整段都背得下来。"瀚夫瑞煽动地看着仁仁，"再提醒你一句，仁仁——And spur my dull revenge……想起来了吧？"

仁仁垂下眼皮，下巴却还翘着。她不是记不得，而是不想配合。她也不知道这一刻的对立是怎么回事。她觉得母亲在烤炉前悬着身体，吃力地听着餐桌上的反应。

"What is a man……"染黑发的老校友进一步为仁仁提词。他的英文讲出许多小调儿来。

仁仁把嘴里的食物吞咽下去，迅速做了个白眼，又去瞪那老校友。这是她最得罪人的神气，但老校友们都是给年轻人得罪。

"不记得了？"瀚夫瑞说，"《哈姆雷特》嘛！"

路易专心地切下一片肉。他不忍去看瀚夫瑞的精彩节目冷了场。

"……哈姆雷特？"仁仁终于开口了。她看见四个老年男性的脸包围着她。母亲一动不动,连烤肉架上的肉也静默下去，不敢"吱吱"作响了。

"If his chief good and market of his time. Be but to sleep and feed？ A beast, no more." 仁仁背诵起来。

三个老校友听着听着，头禁不住晃起来。他们心想，莎士比亚在这小丫头嘴里，是真好听啊！她的英文多随便、自然，不像瀚夫瑞，棱角是有的，却是仔细捏出来的。三个人一齐给她鼓掌。仁仁给路易一个鬼脸。

瀚夫瑞想把得意藏起来，却没藏住，嘴一松，笑出声来。笑完他说："小的时候念得比现在要好。再来一遍，仁仁。'A beast, no more.'"

仁仁尽量念出瀚夫瑞的调子："A beast, no more."

瀚夫瑞玩味一会儿，还是不满足，要仁仁再来一遍。很快仁仁就念了六七遍。瀚夫瑞不断地说，好多了，还差一点点就完美了，仁仁孜孜不倦地再念一遍。瀚夫瑞对三个老校友说，她小的时候，每回想吃巧克力，就对他大声背诵一段。小时候仁仁背得下来几十段莎士比亚。老校友们一次一次把刮目相看的脸转向仁仁。瀚夫瑞说仁仁六岁的时候，一背《哈姆雷特》就会皱起小眉毛，扬起小脸，背起两只小手。他喝得稍微多了一点儿，嗓门儿大很多，一滴油落在礼服前襟上。

"仁仁，来一遍。"瀚夫瑞说，"站起来呀！"

女孩看着老继父，嘴微微张开，表情中的那句话很清楚："亏你想得出来。"

"来呀。"瀚夫瑞催促道。

仁仁近一步瞪着老继父："你吃错药啦？"她脸上含一个恶心的微笑。老年人看惯了年轻人的这副嫌恶表情，一点儿也不觉得冒犯。三个老校友认为仁仁这时刻的样子很逗乐，让他们对瀚夫瑞油然生出一股羡慕：一个人有了如此年幼的女儿，就能沾些光自己也年轻年轻。

瀚夫瑞说："仁仁你还记得小时候吧？是不是这样背着两只手说：A beast, no more."他转向路易："仁仁小时候是这样吧？"

路易笑一下，不置可否。对他来说，仁仁从今年夏天才开始存在，准确地说，仁仁的存在起始于一小时前，从她躺在楼梯扶手上吃草莓的那一刻。

"你看，路易都记得。"瀚夫瑞对仁仁说。他把一块烤肉从骨头上剔下来，放到仁仁盘里。女孩真成六岁幼童了，乖乖地接受照顾。"晚江啊，肉够了，你来吃吧。"瀚夫瑞是个幸运的人，有年轻的妻子、年幼的女儿，怎样也不该把他和葬礼上悼念的亡者扯到一块去吧。他站起身，脚步有些蹦跳，骨头也轻巧许多。

瀚夫瑞穿过厨房，走进餐室，站在酒柜前，眼睛从一瓶酒扫向另一瓶酒。他想取1960年的"Louis XIII"，又一想，不要那么夸张，给老校友们不祥的联想。他拉开玻璃柜门，手去够一瓶1979年的"Single malt"，却又一阵迟疑，这样的校友聚会有一次是一次了，下一次，今晚的四个人中，不知会少谁。想着，他满身快乐的酒意消散了。这宅子中一旦少了瀚夫瑞，剩下的人照样在暖洋洋的下午吃烧烤。他叫起来，对自己嗓音的失态和凄厉毫无察觉。"晚江！……"

晚江赶来，停在餐室的玻璃门口。不必再提心吊胆了，不必去换个给那些像模像样的空瓶掸灰了。十年了，也许更久，酒瓶们不动声色地立正，同瀚夫瑞大大地开了个玩笑。她等着瀚夫瑞手臂一挥，把所有徒有其表的昂贵谎言扫到地上……

……碎得玻璃碴子四溅，所有食烤肉的人来不及吞咽、瞪大眼睛、张着油亮的手指从院子跑进来，怀一个黑暗的猜测：不会这么快吧？刚开完上一个追悼会。他们看见倒下的并不是瀚夫瑞，全在餐厅门口站成了"稍息"。

瀚夫瑞脸色灰白，踮起脚尖去够柜子最高一层的那瓶1860年的Napoleon。他握了它，手像是在扭断一个脖颈——也是空的。他把那空瓶抖抖地高举过头顶。晚江想，砸吧，砸吧，砸那个祖传"鸡血红"花瓶，我也不拉你。瀚夫瑞却尚未做好最终打算，要砸什么。晚江提一句词："苏大概不知道这些酒的价钱。"她看见瀚夫瑞嘴唇猛一收紧，酒瓶竟对准了晚江。

晚江把仁仁往背后一掖，母牲口那样龇起一嘴牙。她挑衅地盯着瀚夫瑞：来啊，朝我来，你这点力气还有吧？只要三米远，不，两米，什么就都碎了。碎了，大家也图个痛快，也爽一家伙。十年这锅温吞水，从来没开过锅，你一砸，大家不必继续泡在里面，泡得发瘟了。

瀚夫瑞又是一声咆哮："都瞒着我。全串通一气，败这个家。"他可是够痛快，从来没说过这么仗酒势的痛快话。

仁仁这时说："这事跟我可不相关……"

"你闭嘴。"瀚夫瑞居然跟仁仁也反目了。

"你闭嘴。"仁仁说。所有人都惊得心少一跳。这女孩如此顶撞瀚夫瑞，痛快是痛快，后果是别想补救了。

瀚夫瑞从灰白变成紫红，又灰白下去。他指着门口说："你给我出去。大门在那边。"

"我知道大门在哪边。"仁仁掉头便走，一把被徐晚江拉住。

"撵就一块撵了吧。省得你犯法——撵十四岁的孩子到大街上，你犯法犯定了。"

路易上来，一手拉一个女子。晚江劈头就是一句："拉什么？今天味道还没尝够是吧？瞅着嫩的，吃着老的，没够了你？"她说一个词，眼睛瞟一眼瀚夫瑞——我们母女出去了，你们父子慢慢去刑训、招供吧。

路易没有全懂晚江的中文，瀚夫瑞的老校友却全懂了。这样的好戏很难瞧到，他们掩住内心的激动，一齐上来拉晚江，说谁家都有争吵泄火的时候，都有说过头话的时候，都当真，谁家也过不成日子。晚江看看三双满是老年斑的手，都不比瀚夫瑞的手嫩。这些老手们捉住她的臂膀，又朝仁仁无瑕的臂膀伸去。她大叫起来一声。

人们没听清她叫了什么。连她自己也没听清叫的什么。

但人们放了她和仁仁。不必看，她感觉到瀚夫瑞在懊悔。你
慢慢地悔吧。

"你们去哪里？"瀚夫瑞问。

"去合家团聚啊！"她嗔似的瞟他一眼,意思是,这还用问,
我们在您肢翼下养了十年，自己的翅膀终于都硬了。

瀚夫瑞瞪着老、少两个女子。他早就料到她们会有原形
毕露的一天。瀚夫瑞，瀚夫瑞，你打了一生的官司，深知移
民是世上最无情无义、最卑鄙、最顽韧的东西，怎么竟如此
败在他们手里？

"你好好想一下，"瀚夫瑞看着晚江，"走出去，想想怎么
再回来。"

"回来？"晚江凶残而冷艳地一笑。

路易此刻已完全是父亲的敢死队了，两手抱在雄厚的胸
大肌上，面容是那种危险的平静。

"回这儿来？"晚江的脚踏踏地板，碎玻璃颤动起来。她
收住嘴，看人们一眼。意思是:饶了我，十年让谁在这儿享福，
谁都会疯。

"你们到底要去哪里？"瀚夫瑞问。

"你还不知道呀？仁仁和九华的父亲来了。两年前就来了。"

这是最后的台词。如同许多电影中的角色一样，谁说最
后这句词谁就是那场戏的强势者，就得转身扬长而去。晚江
和仁仁就那么在最后台词的余音中转身，扬长而去。一步、

两步、三步……"啪!"最后一个昂贵的酒瓶砸过来,砸在晚江后脑勺上……

晚江听谁在同她说话,突然从自己的幻觉中惊醒。

"你说呢晚江?还是不喝它了,天太热,喝这些不合适。"瀚夫瑞说。

晚江人往下一泄,长嘘一口气。她听他讲哪瓶酒是他哪年哪月得来,怎样一次次躲过他的馋痨校友们,心里却一阵窝囊:好不容易要出点儿响动了,响动又给憋了回去。晚江在刚才一瞬间臆想的那场痛快,又憋在了一如既往的日子里。没希望了,连打碎点儿什么的希望都没有。

"刚才叫的——我以为你怎么了呢!"

"本来想开一瓶好酒。"

晚江没问,怎么又不开了?她注意到他忽然向前佝偻的两个肩膀。她从来没见过他这副老态。他平时只是零星呈出一些苍老的瞬间,而此刻那些闪烁无定的苍老沉落下来,完整起来。她不敢再看他,甜美温柔地告诉瀚夫瑞,她已打开了一瓶十年陈的Shiraz,老哥儿们难得见面,温和的酒将使大家感觉上健康些。

晚江马上想,你不巴望"开锅"吗?你为苏那喝废了的人担惊受怕干吗?把苏兜出去,让大家看看这儿的好生活没有吃苦耐劳为全家打粗的九华的份儿,却拿价值千金的酒养着舒舒服服做废料的苏。

　　但晚江嘴上说的，是要不要还老校友妻子们的礼。瀚夫瑞问送的是什么？她做个鬼脸，用英文说是三份"1414"。瀚夫瑞笑了，明白礼物不过是"意思意思"。他要晚江看着打发，不要太明显的"1414"就行。

　　外面凉了，仁仁和路易还在院子里磨洋工地清理桌子，扔掉一次性餐具，刮烤肉架上的焦炭。老校友们已进到客厅里，其中两人在钢琴上弹四手联奏，第三位在唱一支四十年代的歌。还是有些情调的，一种濒临灭绝的情调。不久，瀚夫瑞的声音加入了，唱起了二部。晚江把一盏盏的酒摆到托盘上，听外面一个花儿、一个少年正明着吵嘴，暗着调情；里面四位痴迷在垂死的情调中，提醒人们，他们也花儿、少年过。

　　晚江在托盘另一边摆了一些鱼子酱，对外面唤道："仁仁，来帮妈妈端东西。"她感觉从这个下午开始，仁仁和路易开始不老实了。也许仁仁并不明白自己的不老实，但路易不会不明白。

　　电话响了。晚江一接，那边的老女人便咯咯地乐。晚江心里一阵恶心，心想女人活到这把岁数了还没活出点儿分量。她无意中回头，见正唱得痴迷的老少年瀚夫瑞眼睛并没放过她。她只好用同样轻贱的声音跟老女人搭话："哎呀，我当是谁呢！"洪敏即便是耶稣，天天搂着这样的老身段，用不了多久也会堕落。洪敏的嗓音进来了，笑眯眯的："干吗呢？"

　　笑眯眯传到晚江这头，就有点色眯眯了。晚江说："对不起，我这会儿没空……"

"我就说两句话……"

"我这儿有客人。"

"那就一句……"

"明天吧!"

晚江的不客气让瀚夫瑞生疑了。他嘴还在动,神却走了。晚江道了"再见",便随便地把电话撂回机座。接下去她一晚上都拎着心,等洪敏下一个电话打进来。每次她撂他电话,他都会设法再打。

一晚上无数电话,全是找路易的。

八

当她看见车里钻出来的是洪敏,立即收拢脚步,佝腰伸头地喘起来。洪敏笑嘻嘻迎上去,在她背上轻轻捶打,一面逗她说,哎呀,七老八十啦。她身子猛一拧,白他一眼,手抓住一棵细瘦的柏树,继续狂喘。一面喘,一面就四下打量,怕瀚夫瑞多个心眼子,猫在某处跟踪。

她向洪敏做了个手势,要他跟她走。树荫越来越浓,画眉叫得珠子一样圆润。

他看着她穿紧身运动服的背影。她比十年前胖了，乍看却还是姑娘家。

她从上衣领口里摸出一张对折的小纸片，说："成你的'人民银行'了。"

洪敏笑着说北京现在是"中国银行""工商银行""农业银行"，一大堆银行，唯独没了"人民银行"。

晚江打开那张纸片："喏，这叫支票，这是数目字：一万六千块。识数吧？"她揪着他耳朵，和二十年前一样，总有些亲热的小虐待才让他们密切无间。

"识数、识数……"他也一贯是越虐待越舒服的样子，直到晚江笑出她十八岁的傻笑来。

"连这个数，我这银行一共支给你三万八千了。"

"三万七千五。五百块你让我买个二手电脑。"

"买了吗？"

"托人找呢。"

"一个月了，还没买？你没拿我的钱请老女人下馆子吧？"

"她们请我，我都排不开日子。"他嬉皮笑脸，凑上来响响地在她腮帮上亲一下，留下淡淡的烟臭。

"有个电脑，九华晚上就不会看电视剧了。我让他报了电脑班。你是个什么狗屁爹？看着他送一辈子沙拉？"她再次揪他耳朵，他再次装着疼得龇牙咧嘴。

两个月前，他向她借钱，说是要买一处房，省得九华和他两头花钱租房。他和九华都没多少积蓄，只能向晚江借贷。原先他只说买个一个卧室的公寓，后来他告诉晚江，买那些失修或遭了火灾的独立宅子更值，他和九华虽缺脑子，手脚却巧过一般人，几个月就能把废墟修成宫殿。晚江自然是希望父子俩有个像样的家，免得一家子拆得太碎。

"记着，让九华在支票背面签名，你千万别签。月底银行会把支票寄回来的，老人家看到就完蛋了。"

"老人家常常查你的钱？"

"跟你说你也不懂。"她伸手去解他外套的纽扣，把支票放在他衬衫的口袋里，发现里面有两枚一分硬币，掏出来塞进他裤兜。她的手像曾经一样当他的家，也像曾经一样轻车熟路。"就这点儿钱了，再不够我就得跑当铺。要不也得陪人跳舞去。"她假装咬牙切齿，眼睛从低往高地恶狠狠地瞪着他，"丢了支票我杀了你。"

"老人家一月给你多少钱？"洪敏手抚摩着她的脖子。

"一夜三千块。"

两人一块咯咯乐了。晚江不愿告诉他，她的所有积蓄都是她的烹饪所得，瀚夫瑞在她生日和圣诞，会赠她一千两千做礼物。

"你以后得学着看银行账单，老指望那帮老女人，小心谁爱上你。"她拉他坐下来，头挨着头。

"早有爱上我的了。"

"'水桶腰'还是'三下巴'？"

"岂止两个？"

"那就是刚拉了皮的那位。"

"她们各个拉了皮。"

"各个都爱你？"

"有明有暗吧！"

晚江瞪着他，假装心碎地向后一歪。洪敏把她拉进怀里，两人又是乐，全没意识到二十年里他俩的玩闹毫无长进，趣味仍很低级。晚江知道那类事发生不了，发生了也是某老女人做剃头挑子。单为了保住饭碗，他也不会在老女人中亲疏有别。他得跟每个老女人保持绝对等距离：玩笑得开得一样火热，黄笑话得讲得一样放肆，接受她们的礼物和下馆子邀请，也得一碗水端平。

他们相依相偎，谈着二十年前的甜蜜废话，突然发现林子外太阳已很高了。雾在树叶上结成小圆水珠，他们的头发也湿成一绺一绺的。洪敏拉晚江起身，说他要赶十点的舞蹈课。她正系鞋带，给他一催，马上把系好的鞋带扯开。曾经在北海，只要他催促，她就这样捣蛋。他也像过去那样蹲下来，替她系上鞋带。

"不是也为你好吗？老人家疑心那么重。"

他哄她似的。她索性把另一只鞋也蹬下来。不知怎的她有了一种有恃无恐的感觉，似乎买房给了她某种错觉，她暗中在经营她自己的家，她真正的家正从破碎走向完整。

"好哇，拿了我的钱就不认我了。"

"快快快，凉着。这儿这么湿。"

"没我你们父子俩哪年才过上人的日子？连买房订金都付不上！"

"是是是，我们爷儿俩真他妈废物。别动！"他拾回她踢出去的鞋，替她套到脚上。

"承认是废物？"

"废物废物。"

他开车送她回家，一路碰上的都是红灯。她不断拉过他的手，看他腕子上的表。他就是笑。她问他笑什么，他不说。他是笑她嘴是硬的，该怕还是怕老人家的。其实她懂得他那笑。她确实怕瀚夫瑞那洞悉勾当的目光，以及他沉默的责罚。两个月前的雨天，瀚夫瑞发现晚江长跑的目的是见九华，他的责罚是早晨再不跟晚江出门，而在晚江回到家时长长看一眼挂钟。奇怪的是，晚江反倒渐渐缩短了和九华的见面，时常告诉他第二天不要停车等她，也不要买豆浆。瀚夫瑞风度很好，但还是让晚江明白他在道路上占绝对上风，并且度量也大：知道你们捣鬼，我还是放手让你们去。但晚江也明白，若老律师知道等在长跑终点的是洪敏，事情就大了。

在一个红绿灯路口，她又一次看他的表。他安慰她，说表快了两分钟。她说快两分钟有屁用。她又说这是什么破车，连个钟都是坏的。他说等咱有钱了，买辆凯迪拉克。她说不好，不实用，还是"Lexus"好。两人都没意识到，他们做的已是两口子的打算。

车停在两个路口外。他看她上坡，一直不回头。在拐弯处，他想她该回头了。她真的回过头，像十年前那样，在一片飞舞的床单那边朝他回过头。那时她手里拉着四岁的仁仁，就这样回过头来，看看还有没有退路。他藏在破败的美丽窗帘后面，看着没了退路的晚江进了轿车，泪水把衣服前襟都淌湿了。

九

来整理花园的园丁说："玫瑰生着一种病。"听下来，那病就是一个花胚子分裂得太快、太多，跟癌细胞的分裂有些相似。一个细胞分裂到一百多次，就成癌了，所以可以把这种多头玫瑰叫"花癌"。晚江向园丁点点头。她已走神儿了，在想，"花癌"倒不难听啊！下面园丁讲的"治疗方案"和费用，晚江都是半走着神儿听的。

最近所有人都发现晚江的神情有一点儿异样。有时会不着边际地来个微笑。笑多半笑在人家话讲到一半的时候。于是讲话的人就很不舒服，有点儿音乐的节拍打的不是点、打在半腰上的感觉。比如瀚夫瑞说："晚江你看看仁仁的校服，她老在偷偷把裙子改短。这可不行……"他见她忽然笑一下，让他担心他脸没准碰上番茄酱了。"哎，这张支票，是你写的？怎么写这么大一笔钱呢？他要这么多钱做什么？"他把银行的月底结算单和一张兑了现的支票推到她面前。他很想用食指在她眼前晃一晃，叫她不要走神儿。

她眼睛看着支票上的数目"16000"。会是个不错的家，会有两间卧室，一个餐厅，一个客厅。路易的酒店常拍卖旧家具，很便宜就能把房子打扮起来。九华和洪敏都很肯做事，细细经营，它不会太寒伧。寒伧也是一块立足之地。晚江想，我正做这样大一桩事呢。这样一想，她就笑了。所有做大事的人都像她这样与世无争，疲惫而好脾气地笑。

"他需要这么大一笔钱做什么？"支票背面，有九华的签名。

晚江渐渐悟过来。第一个反应是痛悔：她怎么不长脑子呢？她若按时查邮件，银行的文件就不会落到瀚夫瑞手里。接下来的反应是怨恨：这瀚夫瑞简直防不胜防，稍慢一点儿都不行，就替她做主。拆邮件也要做她的主。

"他急需用钱。"她说，样子是漫不经意的。连她自己也听出这话就是一句支吾，等于不说。还不如不说，不说不会这么可疑。"他一时周转困难，跟我挪借一下。"

"没问他做什么用？"

"他就说很快会还我。"

晚江觉得什么都被瀚夫瑞识破了。她忽然心里一阵松快：好了，这下该说清的就说清，说谎捣鬼都免了。你再逼问，我就全面摊牌。你说我伤天害理缺德丧良，就说吧。你认为我和前夫玩了一场长达十年的"仙人跳"，就算是吧。你觉得冤有头债有主得送我上法庭，就去找个法庭吧——我全认。

瀚夫瑞看见中年女人两眼闪光，不知什么让她如此神采焕发。什么事这样称她的心？他慢条斯理地说："按说我没权力过问你们之间的事。是你的钱，是你的儿子，对不对？你心里很难，母亲嘛！"他自己触到了什么，眼神忽然痛楚了。

晚江给这话一说，鼻腔猛地一阵热。她心里说着不掉泪，不掉泪，泪还是掉下来了。瀚夫瑞怎么说也是个知书达理的人。

"你把钱给自己儿子，按说我没话可讲。我要讲的就是，苏的问题一开始就出在钱上。第一次我发现她酗酒，就是她跟我借钱。那年她比九华小一岁。"

这一听，她一下子没了泪。她使劲一吸鼻子，看定瀚夫瑞："你拿九华跟苏比？"

"借钱的人有几个不是拿钱去干蠢事的？"

"我们九华这辈子不会沾酒。"晚江说，"我们不是那个种，也没那个福。所以你放心，这辈子你别想看九华吃喝嫖赌。"她伸手将那个信封拿起，又把银行的结算单折起来。动作弄得纸张直响，什么骂不出口的，这响动中都有了。

"好吧！"瀚夫瑞看着她：十年前的她是她的原形，还是眼前的她是她的真相？"请他下月把钱还回来。"

"这是我的钱。"晚江手指重重戳在那张支票上，"他还不还是我的事！"

瀚夫瑞就像没听见，说："下个月，他必须还上这笔钱。"

晚江给他的自信和沉稳弄得直想哈哈狂笑。她知道自己在瀚夫瑞心目中的形象一直不错，而此刻她在毁那形象。她今天连胸罩也没穿，头发也没洗没梳，一切都合起伙来，毁那姣好形象。

"钱是我的，脑筋不要不清楚。高兴了我就是烧钞票玩，你也是看我玩。"

瀚夫瑞就把目光平直地端着，看她比手画脚。十年中他和她也有过争吵，可从来不像这样暴烈，叫徐晚江的女人从来没像此刻这样彻底撕破脸过。一定有了一桩事情，瀚夫瑞苦在看不透那桩事。

"是啊，你的钱是你的。"瀚夫瑞说，"连我的钱都是你的，房子、车，也都有你一半嘛！"

晚江想，何苦呢？话说得这么帅。你其实在说："既然我的钱、我的财产是你的，你的一切也就是我的，敢动一个子儿试试。"

晚江事后非常懊恼，怎么就哑口无言地把瀚夫瑞最后那句话听下来了。狠了半天，把最后那句话让对方说了去。她擦洗锅台时，路易悄悄走过来。他见炒锅洗净擦干搁在水池边，便将它放回顶柜去，动作鬼一样轻，每个细节却都有小小亮相，让你看到。他回眸笑笑，说今天的小鱼蒸蛋鲜美极了。晚江柔弱地看他一眼，明白他实际说的是什么。他实际是说："我看出你哭了，能告诉我为什么吗？"她说："主要是鱼得鲜活。"他也明白了她没说出来的话："别问了，问我也不会告诉你。"他说："有件事我偷偷地进行了，本来想成功了再告诉你。"她却听懂了他的怜香惜玉，他的善解人意。她同时也懂得，他的情愫甜美是甜美的，却不顶什么用。不顶用，就不如不去懂它了。她笑笑说："是吗？"他说："我们酒店要举行'美食美酒节'，我推荐了你。"她说："谢谢。"

她斜出身体去够角落的一只碗，忽然"哎哟"一声。路易问她怎么了？她皱眉笑道："老了。"他问："是背痛吗？"她左手去捶右面的背，他说："别动别动。"他的手上来，挤开她的手，问她是不是这儿，她说是的。他说："很好办。"他的手指一用力，她不自禁地呻吟一声。

他又动几下，问她是不是好一点儿。他说他按摩是有两下子的。他请她到起居室去，到长沙发上趴下来。

这绝对是不成话的，她想着，一面自己搓揉着腰，脚步拖拉，尽量延长走向起居室的时间，指望自己急中生智想出什么借口来谢绝他。他一脸一身都是好意，看去真的像是无

邪的。路过餐室，见瀚夫瑞和仁仁在谈什么。地下室传来苏
为鹦鹉卡美拉米亚放的语言教学录音。"……good morning,
good morning……"到起居室门口了，她把灯捻到最亮。路
易马上又把它调暗，说幽暗光线使人放松。他指着长沙发要
她伏卧。她想，好了，这下真没体统了。仁仁不知为什么大
笑起来，远远看她的侧影，她头发垂散在椅背之外，椅子向
后仰去，危险地支在两个后腿上。晚江突然瞄一眼路易，发
现他也在看她，眼巴巴的，似乎对这么个青春欲滴的女孩，
他只能望梅止渴。

晚江果决地往长沙发上一趴，说："来吧。"

路易一醒，掉回头，来看女孩的母亲，女孩的出处和起源。
"我手可能会重一些。受不了就告诉我。"他说。

她点点头，展开身体，脸贴在沙发坐垫上。沙发的熟皮
革贴在皮肤上，有体温似的。路易单腿跪在沙发边，手在探
问痛处。位置对的，她点头。他手下得不轻不重，是把伺候
女人的好手。他手下的这具女体是熟皮革了，带一股熟熟的
气息。

路易跪在沙发旁，搓着她、揉着她，每一记都让她无声
地呻吟一下。他全神贯注于她了。她身体还残余些青春，跟
仁仁虽不能比，但也说得过去。路易是个实惠人，不会老在
那儿望梅止渴。他问她舒服吗？她说不错，路易你够专业的。

一万种不可能使她和他十分安全。发生的只是肌肤和肌

肤的事；肌肤偷着求欢，他们怎么办呢？肌肤是不够高贵、缺乏廉耻的，它们偷了空就要揩油。肌肤揩了瀚夫瑞的油，是怪不着他们的。

晚江闭上眼，让肌肤展开自己。她听见自己的呼吸，也听见路易的呼吸，他的呼，便是她的吸。

路易的体温进入了晚江。十年前她在他空荡荡的卧室就嗅到过他。冰冷的天伦隔不开体温，你总不能来管体温与体温厮磨吧？

晚江感觉到她的雌性健康都被路易嗅去了。瀚夫瑞，看看你儿子对你干下了什么？

瀚夫瑞朝起居室里瞄一眼，这幅家庭和睦的画面没任何破绽。只要心灵不认账，什么都好说。

十

晚江跑到目的地，看见九华正在启动车。她加快脚步追上去，问他这么早急什么。九华便熄了引擎，打开音乐。晚江早就留心到，九华和仁仁虽然很少沟通，但某些东西暗中是同步的：都爱听亚洲女歌星俗里俗气的歌。

她问房子买下来没有。九华"嗯"一声。她说能住先凑合住，搬进去之后，再慢慢修。九华又"嗯"一声。她说，气味可以请清洁公司去除一除，清除老房子的气味，有两三百块钱就够了。她问："你跟你爸，一两百块钱凑得出来吧。"她说窗帘先别买，等她去看了房子由她来配。九华犹豫一下，又来个"嗯"。

她说，想出个招她从瀚夫瑞那里脱出身来，一定去看看那房。九华不"嗯"了。她看他一眼，觉得他今天苗头有点儿不对。她问他是不是有什么左右为难的事。果然他说洪敏要他再向她借一万块钱。顿一会儿，她说："你爸在搞什么鬼？"

他飞快看母亲一眼，说："爸让我告诉你，别急。买房置地不能急。""买房置地"九华不会说，是照搬洪敏的。

"你爸把钱拿去赌了还是嫖了？"

"没，没有。"九华身体猛一躲，烦他母亲似的："瞧你这点儿素质。"九华在华人的圈子里混长了，口气老三老四的："我爸说借你的钱年底就还上。"

"他到底拿我的钱干吗去了？"

"你那点钱哪儿够买房？得先拿那钱投资。"九华启蒙似的对母亲说。

"投什么资？"

"投资你都不懂？"

"你爸串通了你来骗我的吧？你跟我说实话！"

九华身体直躲母亲，而母亲一路直逼，非追杀出实情来不可。

"我爸说投资收回钱来，买个好房，给你装个大浴池。"

"那你告诉我，他投资投的是什么玩意儿。"

九华说了半天，晚江还是听不明白洪敏的"投资"是怎么回事。说是老女人之一介绍了大家去一家投资公司去投资，说是投资公司不是你想投就投的。要凭关系，走内线，没内线的，你想投也投不进去。晚江朝九华眨巴着眼睛，她明白九华也不懂他自己在说什么。投资这类词属于瀚夫瑞、路易，以后还有仁仁。投资给九华一讲，就很古怪、很滑稽。九华见母亲一脸迷糊，嘴巴一哑，把脸朝外一扭，意思是：你是没希望了，我都说得累死了，你还明白不了。"这么告诉你吧：你投一百块钱，一年之后，一百就变了两百。我要有钱，也凑一份。"

晚江似乎明白了：钱赚钱比人赚钱省事也快当。就得有机会。现在老女人们把机会找来了，给了洪敏。原来洪敏并没有白陪老女人们混。大好的投资良机，若是没人里应外合帮你，门儿也没有。美国的确遍地良机，但两眼一抹黑你很可能把机会踩个稀烂一路走过去。圆乎乎的老女人们等于一群灯笼，把黑暗中闪光的机会照给了洪敏。

快半夜的时候，晚江听见车库门响，路易回来了。她装着口渴，下楼到厨房倒了杯水。这样就成了一场巧遇。路易抬头，晚江也是个不期然地抬头。晚江说真巧啊，我有句话要问你。路易五雷轰顶地笑一下。到了女人胆子大的时候，男人就吓死了。路易拐进门厅的洗手间，立刻从里面传出漱口的声音。再出来，路易口腔清凉芬芳，喘息都带留兰香的淡淡绿色。他在以防万一，美国可是遍地艳遇，一个不留神儿就碰上接吻。

路易这样就放心了，可以谈一口好闻的话，万一接吻，也是清香的吻。晚江跟他隔一条窄窄的酒吧，坐在厨房里。晚江说："路易，你不错啊，真把我的背揉得见好，谢谢了。"

路易说："哪里，我也是瞎揉的。很高兴你见好了。"

晚江说："你倒会心疼别人。这些家务活，看看不起眼儿，一天也要做七八个钟头呢。"

他立刻说："可不是嘛。我自己是做酒店的，其实酒店就是放大的家，做的也就是放大的家务。有没有想过雇个钟点工？"

她说："想过的。用了钟点工，省下我这么个大活人，又去做什么呢？"

路易说："那还用愁？可做的太多了。比如，你可以省些精力烧菜。"

"烧菜不就跟玩似的？我可以闭着眼烧。"

路易说："给你出个好主意：写一本有关中国菜的书，保证赚钱！"

路易笑起来，打出的哈哈果然很好闻。

　　顺理成章的，晚江把话转到了金融投机上。

　　路易不知道她满嘴的英文词汇全是刚从字典里查到，在唇齿间热炒出来的。两人谈得火热深入，谈到了下半夜。连瀚夫瑞一觉醒来，起身来看，两人都不受打扰地继续谈。他们只对瀚夫瑞扬扬手，"Hi"了一声，又埋头谈下去。瀚夫瑞倒了杯冰矿泉水，拿出几块无糖蛋糕，心想这下好了，晚江这样灵，不久就该够格做路易的清谈客了。路易的清谈客包括投资、球赛、美酒、美女。谁想跟路易谈得拢，就跟他谈谈这三样。这三样永远可以谈下去，永远没有把关系谈近的危险。

　　瀚夫瑞把蛋糕搁在他俩中间，他们看也不看便拈了一块吃起来。瀚夫瑞说打搅一下："要不要来点儿酒？"晚江一听便明白，瀚夫瑞是要她上楼去。路易伸了个大懒腰，兴头尽了。

　　那夜晚江一夜无眠。她得忙起来，替洪敏凑钱。半年后这钱便是一栋体面、温馨的房，院里栽郁金香和栀子花，门前一棵日本枫树，楼上一个按摩浴池，窗帘要奶白色……可是钱呢？哪里再能弄到一万块？她突然想到那只钻戒和貂皮大衣，又想到瀚夫瑞以她的名义买的债券，是仁仁将来进法学院的投资……她从没认真想过钱。在一个样样丰富，又事事不当家的家里，钱对晚江，有没有无所谓。这么多年来，荣华富贵耗去了晚江对于钱的所有热情。她的荣华富贵是被动的、无奈的，她被置于其中，一切建设、设计都不需她的参与。这一夜，辗转反侧的晚江头一次觉得自己竟也爱钱。赚钱原来是很有味道的，一个小钱一个小钱地去赚、去扣、去攒，原来有这样美的滋味。因为钱的那头是一座房，那房里洪敏和九华将吃她做的百叶红烧肉、清蒸狮子头、八宝炒面，他们不会爱吃她给瀚夫瑞、路易、仁仁做的这些健康、高雅的菜。那房子一定和这房子不能比，一定简陋得多。而正是它的不完美才给她的建设以充分空间。正是那长久的建设过程，才给她美好的滋味，是眼下荣华富贵败掉的好滋味。

她有了一项娱乐：看免费的售房广告。坐在厨房吧台上，看着一座座老旧的或崭新的房屋，设想她在里面的一番大作为，真是美味无穷。对于晚江，生活便是滋味，好或不好，都该有味道。她受不了的是无滋味，是温吞吞一锅不开的白水，你得把温吞吞当滋味。

十一

得到消息时，晚江正在翻看她的小保险柜里的最后老本，珠宝和债券。她已跟她的一位女客户暗地商量好，怎样把它们"走私"出去。电话是洪敏打来的，接电话的恰是瀚夫瑞。瀚夫瑞像以往一样温和多礼地盘问，洪敏捺不住了，打断盘问便说："你也甭问我是谁了，这儿都要出人命了——就告诉他母亲一声，九华出车祸了，现在正在医院抢救。"

瀚夫瑞想，这个人好无礼，"再见"总可以说一声吧？"再见"居然都不说的无礼之人。他起身拉过厚实的起居袍，看一眼桌头的小闹钟6:50。他想起刚才打电话人的又一个缺陷，冒冒失失来告急，竟把最重要的事忽略了：他怎么不讲清医院地址呢？他上了楼，发现晚江在储衣室里。没门可敲，他敲了两记柜子，问道："对不起，可以打搅一下吗？"

晚江做了个"请讲"的表情。瀚夫瑞觉得她刚藏了个什么。他说："九华出了一点儿事情。"

晚江问："什么事情？"她一手撑在腰上，手心里是她所有的家当。瀚夫瑞淡化情绪一向淡化得很好，因此听完他冷静、简明的转达后，晚江并没有溃不成军。她立刻接受了瀚夫瑞的行动步骤：首先请警方帮着弄清今早出的交通事故中，那个中国受伤者进了哪个急诊室。路易手里晃着车钥匙，脸上的悲哀不太有说服力。

路易把晚江送到医院，对她说他等在咖啡铺里。晚江走了几步，路易又追上来，拍拍她肩上说："什么都会好的，会没事的，啊？"

他眼睛拼命往晚江眼里看。她突然一阵怨愤，觉得他怎么这样不合时宜？她叫他别等了，会有人开车送她回家的。他说他等等亦无妨。她说谢谢了，不用了，天知道得多久。

他说他不放心。她说谢谢了，请回吧。

他还是要追上来。她说，行个好吧，别让九华看见你。她抽身走去，脊背十分冷漠。

她已上了台阶，他还站在那儿。她想，你自讨的，路易。

找到九华时，九华满头打着绷带还在昏睡。晚江对健康完整的路易就更充满怨愤了。她坐下来，知道洪敏肯定出去抽烟了。她向一位护士打听九华的伤势。

护士说要等所有 X 光片出来才清楚。洪敏这时进来，眼睛四下搜索，一面问："仁仁呢？"

"什么时候了，还丢下儿子去抽烟？"

"这小丫头，连来看她哥一眼都不来？"

晚江不再理他，盯着九华，想到他的老实巴交，又想到他的笨口拙舌。世道就是不给九华一条生路，瀚夫瑞、路易、仁仁，包括苏，都不给九华一条生路。她"哇"一声哭起来。

九华给母亲哭醒了，苍白地微笑一下。洪敏和晚江凑近他，他眼睛点数了一下："还缺一个人。"洪敏看一眼晚江。晚江对他说："妹妹上学去了，下了学就来看你，啊！"九华却仍盯着她，像是晚江的句子没有完成。她只能往下说，她说："九华你想吃什么？想吃葱花烙鸡蛋饼吗？妈给你烙好不好？"九华眼里没"好"，也没有"不好"，他就是直直瞪着母亲，等她把话说光。晚江便只能不停地往下说："九华你想叫妈给妹妹打个电话吗？……叫她请假马上来，是不是？……

不是？那你想叫妈做什么？"

　　九华还是那样睁着眼，眼里没有"是"，也没有"否"。目光柔软光滑，毛茸茸的。目光舔着晚江的手背，舔得忠实而温厚。九华的二十年生命就是这样的，既给不了多大报效，也从不愿添一点儿麻烦。他看着母亲，意思是他麻烦她是不得已的。

　　晚江便坚信九华是馋他小时最爱吃的葱花鸡蛋饼。她跑到医院附近的超市，买了一包面粉、半打鸡蛋、一小捆青葱。她没忘九华小时候白面粉紧俏，饼里总要兑掺三分之一的精细玉米粉。这掺兑使葱花、鸡蛋、油的香味一下浓郁许多，比净白面诱人多了。九华从小就那么知足，那么知好歹，偶尔吃一回葱花饼，会长久地领情。她想到这里，由衷觉得自己欠着这个儿子，这世道都亏欠了她这个心直口笨、没多大本事的儿子。她跟医院小吃部的经理好说歹说，经理总算同意她用小吃部的灶和厨具烙几张饼。小吃部经理是个越南女人，她被这个中国女人讲到"我儿子"时的绝望震住了。所有雌性生命中都有这股深深的、黑暗的绝望。越南女人太知道它的力量了。

　　晚江站在灶前，那套原以为生疏的烙饼动作，竟马上娴熟起来。

　　"需要用炉灶，再来。"越南女人正在准备开张午餐，对着匆匆离去的晚江说。

"不需要了。"晚江说。她突然想到自己这句话说得很糟糕、缺礼数，也似乎是个诅咒。

万一九华应了这诅咒呢？……等她回去，九华说不定已经走了。知趣、明智的九华，在他知道自己再不能给谁添任何好处，连一瓶滚热的鲜豆浆也不能带给母亲了，他就干脆走了。以后的长跑路线上，再没有一个端热豆浆的九华等她，她跑起来会怎样？或许会心里踏实。九华的死完成了场输局，输得很痛快，输得风度很好——脸上排出一个灰白的微笑。那微笑是他打出的求饶白旗：放了我，别再指望我，别再拿我跟仁仁、路易去比，我很乐意给他们永远比下去。

晚江想，我为什么不放过九华？人们为什么不放过九华？九华就一点儿乐子，熬夜看几盘俗不可耐的肥皂剧。就为这点儿乐子，我也跟他过不去。凭什么有个路易，就得按路易的活法去活？有个仁仁，就得拿仁仁作样本去否定九华？九华能认输，也是勇敢的啊……

瀚夫瑞来了，路易和仁仁也来了，就像他们把九华当过人似的。她冲上去，抓起瀚夫瑞的衣领，说你这下满意了？路易上来拉，她抓起什么劈头盖脸朝他打去。抓起个什么呢？药水瓶子？玻璃杯？还是台灯？或许是手里正端着的这一摞烙饼……

她晃了一晃，把烙饼放在床头小柜上。九华仍像她离去前那样躺着，呼吸像是有了点儿力量。刚才她想象的"九华之死"，使她如从暴力噩梦中醒来一般精疲力竭。

近中午时，九华醒来，眼睛又清点了一遍人数。

葱花饼已冷硬，暖烘烘的可口气息，早已消散。洪敏见晚江对他使了个眼色。他便端起塑料饭盒，小声对九华说他去热一热烙饼，一两分钟就回来。九华的左手猛一动，意思是拉住父亲。

晚江替九华实现了这个动作，把洪敏拽住。两人飞快对视一眼。晚江顺着九华的意思，完成着他沉默的心愿：坐下，就这样好好坐一会儿。九华灰色的嘴唇吐出不够热的气流，气流潦草地勾出一些字眼儿，洪敏不懂得它们，晚江便试着去讲解——九华是说："我们要能还做一家人多好。一家子，天天吃葱花烙饼，也很好，葱花烙饼我们永远吃得起。"晚江不住地点头，是的，葱花烙饼才值几个钱？她很想对九华说："我答应你，只要你别走，我答应你，咱还做一家子，在一块吃葱花饼。"她还想说："儿子，你是对的——人兜出去这么个大圈子，去吃尽山珍海味，末了还是发现葱花饼最可口，一个大圈子最终还是要兜回来。"

既然九华没有生命危险，日子还得照原来的样子过下去。晚江告诉洪敏，她去打个电话给仁仁，叫她中午不必来了，等九华好些再说。洪敏点点头，他懂得晚江的心思，怕万一路易送仁仁来，对洪敏无法介绍。

刚刚出门，仁仁已从走廊那头小跑过来，后面果然跟着路易。做什么打算都迟了，晚江只能大喊一声："仁仁，这边。"

好让洪敏早做准备。

　　洪敏果然做了准备。他坐在一张椅子上，手里拿了张英文报纸，像是读得很入神。

　　仁仁丝毫没注意到他。她淡淡地跟九华说了些安慰和鼓励的话，便两手插在裤兜里，站到一边去了。路易对九华讲他曾经一个月内报废过两辆车，听上去他的车祸也出的比别人豪华。他跟九华火热得让洪敏对着报纸目瞪口呆。最后他握了握九华的手，说需要什么帮助，尽管开口。九华成了他酒店的贵宾了，路易随便到哪儿，镜头都是他的。

　　谁也没想到他来这一手，忽然转向报纸后面的洪敏说："请你多关照我兄弟。"

　　洪敏不禁站起身，手已给路易握住了。

　　然后他谢幕退场，向身后的四个人挥挥手。他当然不知道他做了什么：他成全了这一家四口十多年来的头一次团圆。

十二

　　从医院分手，洪敏再见到仁仁，是两个月后了。这天瀚夫瑞打高尔夫，晚江把洪敏约到一个中餐馆里饮午茶。仁仁是问一句答一句，只在洪敏不看她时，她才狠狠偷瞅他一眼。

并不是瞅他的面孔，她时而瞅一眼他被烟熏黄的手指，时而
瞅一眼他脖子上颇粗的黄金项链。瞅得最多的，是他的头发。
那完全和九华一模一样的头发上了过多廉价发胶。

洪敏总是和她讲那几句话："仁仁还记得吧？那次在西单
商场，爸把你给丢了。""仁仁还记得吧？……"

女孩当然是什么也不记得的。

后来晚江发现瀚夫瑞打高尔夫球，日子是早早就定了的。
只要在卧室的挂历上留一留神，就能发现他圈下的下一个高
尔夫日。

这天他们的见面地点是个快餐店。洪敏忽然说："仁仁头
发好好的，干吗染啊？"

仁仁耸耸肩。

"你那些同学，有的打扮得跟妓女似的。"洪敏说。

仁仁又耸耸肩。晚江见洪敏脸上是一副逗乐表情，问道：
"你怎么知道？"

仁仁先悟出来了："好哇——"她指着洪敏，"你这个暗探。
一共到我们学校来了几次？"

"上课玩了一节课的手机。"他转向晚江，"她跟另外几个
同学在课堂上用手机胡聊。"

两人还是一副开玩笑的样子，但晚江看出他们心里都有
些恼。她没想到洪敏会到学校去，藏在某一片阴影里，看仁
仁动、静、跑、跳，在课堂上做白日梦，在课间挤在自动售

货机前买零食，和女生一块作弄某个男生，发出不堪入耳的
鬼叫……他看到了最真实、私密的仁仁。

"你简直是搞恐怖活动。"

"仁仁不许这样说话。"晚江转向洪敏，"你像话吗？"

洪敏脸红起来："怎么啦？正常的父亲做不成，还不能
偷着看看？"

仁仁声音尖利起来："你这个Creep（美俚语对变态的下
流偷窥者的称呼）！"

"仁仁！"晚江说。

"她刚才说我什么？"洪敏问。

仁仁说："说你Creep！"

"什么叫Creep？"洪敏看看仁仁。他已是借逗她玩的样
子来掩饰真实恼怒了。

仁仁连掩饰也不要了，眼里有了一层薄薄的泪。她用英
文对晚江说："他为什么要对我这样？他侵犯我的权利！"

晚江对洪敏说："以后别去她学校了……"

洪敏还想保持长辈的尊敬，还想把笑容撑下去，但显得
有些厚颜无耻了。"要不偷偷去看你，我怎么知道你挨他训呢？
板着个老脸，训仁仁跟训孙子似的！"

晚江意识到他在讲瀚夫瑞。她息事宁人地说："不会吧，
他从来不板着脸训仁仁……"

"噢，花了钱，送仁仁上贵族学校，就有资格训我们呀？"

洪敏把一个肩使劲儿往后拧，像他打架被人拉住了。

仁仁惊讶得张开嘴，露出矫正后的完美白牙。她用英文说道："简直让我不敢相信。"

"人家花了钱，就有资格说，'仁仁穿短裙子难看死了。'"

晚江想起来了，那次仁仁在校服裙的长度上搞了鬼，被瀚夫瑞看穿了。"瀚夫瑞没说难看死了，他说不太合适。"

"怎么难看死了？仁仁两条腿不穿短裙，天底下就没人该穿短裙。"

仁仁哑口无言地看着面孔血红的洪敏。他的样子是受了奇耻大辱，她恰恰感到受辱的是自己。

晚江仍想把早先父女俩调侃的气氛找回来。她为瀚夫瑞做了些解释，说他老派是老派一些，恶意是没有的，对仁仁的栽培，也花了心血。

"……要我，掉头就走。训谁呀？"

晚江要他别误会。

"训完了，还上去搂他，还左边亲一下、右边亲一下。那老脸也配！"

"没有！"仁仁突然说道，脸也是通红通红。

"怎么没有？我看你亲他的。"洪敏说。

"我从来不会左边一下、右边一下。"仁仁说。

"我明明看见的。"

"我从来不会！"

晚江觉得圆场的希望已经没有了。仁仁此刻改用英文说："简直有毛病，不可理喻。"

洪敏问晚江，她在嘀咕什么。晚江说好了好了，大家闭嘴歇一会儿。仁仁又用英文来一句，不能相信竟有人干出这种偷窥的事来，还要歪曲真相。洪敏又问晚江仁仁在说什么，他已经在威逼了。晚江说，行了行了，吃饭吃饭。仁仁说，哪有这么不民主的？歪曲了事实还不准我争辩？洪敏被仁仁的英文关闭在外面，不仅恼怒，并且感到受了欺辱。他看着母女俩用英文一来一往地争论，仁仁连手势带神色都是美国式的。她滔滔不绝的英文简直太欺负人了。他插不上一句话，只是一次又一次地想，当时他为两个孩子和晚江牺牲了自己，就该得到这样的报应？

等母女俩终于停下来，他说："当心点儿，他老人家再敢训我女儿，我看着不管我是丫头养的。"

仁仁问晚江："什么叫'丫头养的'？"

没等晚江开口，洪敏大声说："就是王八蛋。"

王八蛋仁仁是懂的，眼珠子猛往上一翻，用英文说："真恶心。"

洪敏说："我知道你说了我什么。"

仁仁说："我说了你什么？"

"你个小丫头，以为我真不懂英文？"他强作笑脸，不愿跟女儿不欢而散，"你说我真恶心。"

仁仁马上去看晚江。晚江心疼地看一眼洪敏。再等一等，等买下房，暗地里把东离西散了十年的一个家再拉扯起来，父女俩就不会像眼下这样了。

十三

这天，瀚天瑞问晚江，九华借去的钱是否还她了。她说："嗯，还了。"过了一会儿，瀚夫瑞说："不对吧，我刚才打电话去银行了，你账上没什么钱啊。"她说："哎呀，你放心吧，九华不是才出车祸吗？过一阵一定还上。"触及此类话题，气氛往往紧张，而现在气氛却轻松而家常，她的态度不认真，这点钱也值得你认真？几个月过去了，瀚夫瑞又问起来，晚江淡淡一笑，说她拿那笔钱投资了。

"哦……投的什么资？"

晚江飞快看他一眼，他并没有拉开架势教训她。他的神态除了关切，还有点儿好玩。你徐晚江也投资？这世道在开玩笑了。她把洪敏从老女人那儿学来的话，讲给瀚夫瑞听。瀚夫瑞听是好好听的，听完哈哈地笑起来。他很少这样放肆地笑，连仁仁也停止了咀嚼，看着他。

"我只告诉你一句话：随便谁，跑来对你说他保证你百分之五十的回报，你理都不要理他，掉头走开。"瀚夫瑞说。

晚江心里想。我还没赚多少呢，这儿就有人妒忌得脸也绿了。仁仁欠起屁股，筷子伸到了桌子对面，去夹一块芋头咸蛋酥。失败几次，终于夹起，中途又落进汤碗。

"仁仁，忘了什么了？"瀚夫瑞说。

仁仁马上咕哝一声"对不起"，然后说："把那个递给我。"

"说'请把它递给我'。"

仁仁说："我说'请'了呀！"

"你没有说。"

"妈我刚才说'请'了，对吧？"

晚江说："我哪儿听见你们在说什么。"

仁仁嘴里"嗤"的一声，一个"有理讲不清"的冷笑。然后说："你耳背呀？"她把脸凑近母亲。

"唉！仁仁，什么话？"瀚夫瑞皱眉道。

"她教我的话呀。"仁仁以筷子屁股点点晚江："我小的时候，她动不动就说，你耳背呀？喂饭给耳朵喂点儿，别饿着耳朵！"

"好了。"瀚夫瑞打断女孩。声音不高，却让所有人讨了很大的无趣。大家静下来，瀚夫瑞说："仁仁再来一点儿汤吗？"

女孩抬头看老继父一眼："不要了，我快撑死了！"

"怎么又忘了呢？说不要了，后面该说什么？"老继父问道。

"说耳背呀？"

"仁仁！"老继父抹下脸来。

仁仁却咯咯直乐。

晚江叫起来："唉，别把饭粒给我掉地上。回头害人家一踩踩一脚，再给我踩到地毯上去。说你呢，小姑奶奶。种饭还是吃饭啊？"

仁仁说："妈你一涂这种口红就变得特别凶恶。"

"少废话！"晚江说，"又不是涂给你看的。"她下巴一伸，用力嚼动，存心强调嘴上的口红。

"那我和瀚夫瑞也不能闭上眼睛吃饭。"女孩转向老继父，"瀚夫瑞，你也不好好劝劝她，让她别涂那种口红！"

晚江说："那你就闭上眼吧！"

瀚夫瑞不断摇头。他不懂她们这样忽然的粗俗是怎么回事。他更不懂的是仁仁可以在一瞬间退化；他对她十多年的教养幻灭般消失。有时他觉得仁仁是个谜，近十五岁的女孩多半时间是他的理想和应声虫，却在偶尔之中，你怀疑她其实是另一回事。她其实一直在逗你玩，你一阵毛骨悚然：这个女孩其实在逗一切人玩，只不过她自己不知道，她不是存心的。就像她此刻，闭上眼用筷子去扎盘子里滚圆的芋头酥："好，让闭眼咱就闭眼。"

"少给我胡闹！"

"你把口红擦了，我就不胡闹了。"

"你以为你是谁？小丫头片子！"

"唉，可以啦！"瀚夫瑞脸已经抹到底了。他很奇怪，她们最近讲话怎么出来了一股侉味。他辨认出来了，那侉味是她们十年前的，是他十年里一直在抹杀的。

瀚夫瑞讨厌任何原生土著的东西。像所有生长在殖民地的人一样，他对一切纯粹的乡土产物很轻蔑。任何纯正的乡语或民歌，任何正宗的民俗风情，在他看就是低劣、是野蛮。没有受过舶来文化所化的东西，对瀚夫瑞来说都上不得台面。因而晚江和仁仁居然在台面上讲这样地道的中国侉话，实在令他痛心。他想弄清，究竟是什么样的影响暗中进入了他的领地。

"真让人纳闷儿，妈，你干吗非把自个弄成个大盆血口？"

"是血盆大口！"晚江想憋没憋住，敞开来咯咯笑。

"不对吧？大盆血口听着更对头哇——瀚夫瑞，你说我俩谁是错的？"

瀚夫瑞忍无可忍，用筷子脆脆地敲了几下桌沿。

"听着，"他改口说英文，气氛中的活跃立即消失，"仁仁我们刚才在说什么？"

仁仁用汤匙舀大半勺汤，无声息地送到嘴里，全面恢复成了一个闺秀。瀚夫瑞突然想起，曾打电话来报告九华受伤的男人，就说一口侉话。

"你说'不要汤了'，下面呢？"

"不要汤了，谢谢。"

"很好。请给我递一下胡椒。"瀚夫瑞对晚江说。

晚江把最后一个芋头咸蛋酥夹到仁仁小盘里。仁仁说："谢谢，不过我吃不下了。"

瀚夫瑞说："你还可以说：这样菜你做得太精彩了！我刚才已经用了很多，我真希望我能再多吃一口，可惜力不从心……"

他话音未落，仁仁已把他的话重复了一遍，字正腔圆，有板有眼。

晚江笑笑，说："仁仁快成'卡美哈米亚'了。"

瀚夫瑞看着妻子，等待她解释。

"卡美哈米亚是苏的鹦鹉。"仁仁说。

晚餐斯文地进行下去。瀚夫瑞看看晚江，说菜做得真好，谢谢你。晚江说别客气，你喜欢就好。她笑得醉迷迷的，他却觉得她不在和他笑，也不想他来打搅她的笑。他想这母女俩在玩什么花招，是偷着用他的信用卡花掉了一大笔钱？还是又把家里废弃的家具或电器走私到九华那里去了？还是帮着苏隐瞒了一桩劣迹？

这时听见后门轻轻一声——是苏。很快，听见她的脚步伴随酒瓶相击的声音往地下室走去。瀚夫瑞叫了一声："是你吗，苏？"酒瓶和脚步一下子全停了。瀚夫瑞又问道："能请你过来一下吗？"

"……这就来。"

脚步过来了，酒瓶却没有。她当然是把它们留在门外了。

苏出现在门口，一扬小巴掌，对每个人晃晃："Hi！"她的样子给人错觉——她心情不错。在美国人人都会做这个"心情不错"的动作。

"好久没看见你了，苏。"

"可不。"

苏不像一般美国女人，麻木地和任何人拥抱。她从来不主动拥抱瀚夫瑞。

"你过得好不好？"

"还好，谢谢。"

瀚夫瑞想，不刺穿你了，连遛狗员的差事都常常误。苏和瀚夫瑞平心静气地问答，眼睛却打量着晚江和仁仁，她不相信瀚夫瑞会好端端地对她嘘寒问暖，多半谁又告诉了他什么，她眼睛飞快向酒柜瞟一下，心里"轰"地爆炸了——那高层的几个瓶子好像给动过了。肯定给动过了。她后悔自己的大意，哪怕兑些水进去也好啊。晚江免不了四处揩揩抹抹，发现几万元的酒给人偷喝是迟早的事。她一定把这个秘密叛卖给了瀚夫瑞……

"我们家最近发生的事，你都知道吗？"

你看——来了。苏摇摇头，十多年来壮起的酒胆一下子都没了。

"发生了几件大事。第一，路易要当今年'美食美酒节'的司仪；第二，仁仁通过了考试，要在下一个圣诞的'胡桃夹子'里跳群舞；第三，九华出了车祸，不过现在已经康复了。"

苏嘴里深深叹一声："真抱歉。"其实她是庆幸。幸亏还有个九华，不然她和仁仁、路易并列，对比多么惨烈。她等着瀚夫瑞说下去。几十个酒瓶在她眼前晃起来，十几年的酒意一下子涌上了头。

"……还没吃晚饭吧？"

苏听瀚夫瑞这样问道。她不知道说了什么，见晚江起身拿了一副干净碗筷。仁仁起身告辞，说苏，少陪了。直到仁仁的钢琴声在客厅响起来，苏才发现自己独自一人坐在餐室。她觉得自己累垮了，刚才那一点儿家庭生活消耗了她那么多。不由得，苏同情起这家里的所有成员来，他们每天都过得这么累。她想到世间的所有人，都一样要无话找话地交谈，要无动于衷地微笑，要毫无道理地拥抱、握手，说："我很好，谢谢。你呢？""我也很好。"甭管她和他如何的满心地狱。苏同情他们，苏从不累自己。她眼下只操心上哪儿弄笔钱，买些劣酒，灌到那些空酒瓶里去。

十四

大老远就看见那一大截白脖套。据说九华得戴它戴一年。晚江慢下脚步，甩一下额头上的汗珠，说："你怎么跑这儿来了？"伤好后的九华又高了两厘米。

九华今天没在原处等她，迎出来至少一里路。

"爸让我给你这个。"他把一封信递给她。

十多年没看洪敏的字迹了，比她印象中还丑、还粗大。晚江还是心颤的，想到这些粗大丑陋的字迹第一次出现在她眼前的情景。那年她十七岁。她从来没有纳闷儿过，这个形象如雕塑般俊美的男人怎么会有如此不堪入目的手笔。信里讲到他急需一笔钱，否则前面投入的钱就等于白投。

"怎么白投了呢？"她问九华。

"好像叫'Margin call'，就是让赶紧补钱进去。"九华说，"补了钱进去，赶明得好几倍的钱。"

"你爸这么说的？"

"啊！"

"不补就等于白投了？"

"那可不。"

"那要是没钱补呢？"

晚江瞪着九华。九华往后闪着身，意思说，我瞪谁去？

她要九华把她带到一个公园，找了部公用电话，一拨通号码，她就说："咱们认倒霉，就算白投了！"

洪敏那边还睡得很深。夜总会上班的人不久前才吃的夜宵。半天他听出是晚江的声音，问道："你在哪儿呢？"

"没钱了！大衣、钻石全投进去了，还拿什么钱补啊？"

洪敏叫她冷静，别急。又问她站的地方暖不暖和，别着凉。晚江这边听他沉默下来，明白他在拿烟、找火，又打着火，点上烟，长长吸一口，又长长吐出来。

"投资你不能一点儿风险都经不住。"他说。

"他们不是担保没风险吗？"

"是啊，他们是担保了。可现在风险来了，你顶着，再坚持一把，就赢了……"

"没钱你拿什么坚持？"

"这么多年，你没存钱？"

晚江觉得给洪敏看破真情似的一阵难堪：我洪敏牺牲也罢了，可也没给你晚江换回什么呀。晚江你委曲求全、忍辱负重，时不时还要伺候伺候那老身子骨，也太不值啊！

"我存钱有什么意思？"她说。她想说，我活着又有多大意思？

洪敏不吱声了。他完全听见了她没说的那句话。过了几口烟的时间，他说："那你看怎么办？"

"就认了呗。谁让你信那些骗子！"

"可我认识的人全靠这样投资发起来的。有些人九华也认识，不信你问九华。"

"就算咱们运气坏……"

"那房子呢？"

晚江马上静下来。是啊，她刚刚知道有钱多么有意思，在入睡前和醒来后假想家具的样式、庭院的风格、餐具的品位。她听见洪敏起身，走了几步，倒了杯水。洪敏也听见她在原地踱步：向左走三步，转身，再向右。

"那还需要补多少钱？"

"有三万就行。"

"马上就要？"

"尽快吧。"他不放心起来，"是不是跟谁借？"

"你放心，美国没人借钱给你。"

她挂了电话想，在跑步回家的半小时里，她得想出一个方案：怎样取出瀚夫瑞为仁仁买的教育债券去兑现，怎样从瀚夫瑞鹰一样的眼睛下通过，在最短时间内完成这桩事。

早餐后晚江安排的一场戏开演了。先是瀚夫瑞接到一个电话，说自己是吴太太，半年前约了刘太太去给她和一帮太太们讲烹调课的事，刘太太是否还记得。瀚夫瑞把电话交给晚江，听她一连声说"Sorry"，最后说："那好吧，我随便讲讲。"她挂了电话自言自语地翻日历："糟糕，我当时怎么没记下日期呢？……"瀚夫瑞问她是否需要他开车送她去，她说："不用了，吴太太开车来接我，大概已经到门口了。"两分钟后，门铃果然响了。进来的是小巧玲珑的吴太太和大马猴似的王太太。趁晚江还在楼上换衣服，瀚夫瑞盘问了两个给拉皮术拉成相同笑面人的太太。来不及发现什么破绽了，晚江已一溜小风地从楼梯上下来，给两个太太裹挟而去。

由于事情来得突然，瀚夫瑞来不及拿到吴太太的电话和住址。于是，在晚江来美国后的十来年里，她的行动头一次出现了长达四小时的盲区。瀚夫瑞想，好了，到此为止，事情绝不能就此失控。他知道人们把这盲区当作自由，一旦赋予它如此神圣的名义，人们就要不择手段地来扩充它、延长它、捍卫它。他做了几十年的律师，深知人是不能在自由盲区中好好做人的。

晚江下午一点钟回来，发现瀚夫瑞没有上楼去打盹儿。他问了问她示范的菜肴，原料是哪里采买的？效果理想不理想？太太们的基本功如何？比如刀功……晚江温婉自在，回答得滴水不漏。他心里冷笑，明明听出我在盘审，她却一点儿抗议的小脾气也不闹，如此乖巧、如此配合，显然把一件预谋好的蠢事完成了。

第二天早晨，瀚夫瑞居然跟着晚江长跑了。他跟不上，就叫晚江停下，等一等他。跑不了远程，他要晚江陪他一同半途折回。晚江看汗水湿透了他整个前胸后背，心里既怜悯又嫌弃。她想，你跑吧，看你能逞几天的强。一个星期下来，瀚夫瑞竟跟上她了。多么伟大的、奇迹般的疑心。

晚江从此连那半小时的独立与自由也失去了。她渐渐虚弱下来，长跑一天比一天显得路途遥远，不胜其累。那个"一九〇"又遇上她，见她和一个老男人肩并肩，跑得稀松无比，惊愕地挑起眉毛。等"一九〇"跑回程时，又偷偷对晚江使了个眼色。他过去常见晚江和九华"约会"，现在又见她和老头儿长跑……哦，明白啦。"一九〇"感叹：丑恶的故事是时常发生的。那对女同性恋也从晚江和瀚夫瑞身上得到启示：看看他们这个荒诞的男婚女嫁的世界吧。

这期间晚江接到洪敏一个电话，叫她甭管了，一切都安排好了。她说什么叫"甭管了"？

"就是叫你别操心……"

"我能不操心吗？老人家分分钟都会发现。"

"肯定在发现前钱能回来，你别操这个心。"

"万一要查起那些债券……"

"钱说话就能回来。"

晚江被洪敏说定了心，便又回到他们日常的甜蜜废话中去了。这时她在客厅里，借着监督仁仁弹钢琴而摆脱了瀚夫瑞。洪敏说他真幸福，听女儿弹琴又听老婆说悄悄话。晚江身体一扭，说谁是你老婆。

回到起居室，九点了。瀚夫瑞从楼上下来，身上一股香气。只要他在上床前涂香水，晚江就知道下面该发生什么了。这种"发生"并不频繁，一两个月一次，因此她没有道理抗拒。

昏暗中晚江暗自奇怪，她身体居然打开得很好，也是身体自己动作起来的。她惊讶这欲望的强烈：它从哪里来的？……它从无数其他场合与对象那里吊起胃口，却在这里狠狠地满足。它从刚才和洪敏的通话中吊起胃口，也从上楼前跟路易的一瞥目光邂逅中吊起了胃口。它此刻在满足那永远不可能被满足的，它那所有无奈的、莫名的、罪过的胃口。

十五

路易穿黑色礼服显得很清俊。他那一团火的热情也成了一种淡淡的冷调子。总之晚江给他的另一副形象弄糊涂了，不知该怎样同他谈话、微笑才得当。她的菜上场后，路易很快来到厨房，恭贺她的成功。他要她穿上礼服，参加最后七位厨师的谢幕。

"我头发一塌糊涂吧？"他问她。

她说正相反，很帅气。

"那你这么瞅我，我以为我做了一晚上的小丑呢！"

"……你怎么那么不像你了？"

他笑起来，说："我上班就这样啊！"

她心里突然一阵悲哀：洪敏要能这样上班就好了。

谢幕时路易一一把厨师请到台前，接受大家的掌声。晚江是唯一一位女厨师，路易便一手搀着她，如同搀"天鹅湖"中的女主角那样优美高雅地将她搀到人前。她向四面鞠躬，路易眼睛闪闪地看着她，王子一般充满胜利的骄傲。

仁仁上来献花时，她才看清老王子瀚夫瑞更加是充满胜利的骄傲，然后由路易做东，他们四人去楼顶酒吧跳舞品酒。仁仁和瀚夫瑞跳时，晚江抽身出去，用公用电话给洪敏的夜总会拨了号。那边说洪先生正在工作，请她留口信。她说请洪先生半小时后在电话旁边等待。

她回到酒吧，瀚夫瑞刚下场，眼里少了一些他惯有的冷静。这是我最安全的时候，他以为一家三口都在帮他看守我呢。她挨着他坐下来，他拿起她的手，像十多年前一样吻了一下。她有些感动，也有些触痛。忽然抬头，见仁仁和路易搂在一起，那么青春美貌。她想，好哇路易，你精心铺垫了一晚上，全是为最后这一招。原来她从来没有把火从仁仁那里引开，她一个半老徐娘怎么可能引开那样的火？看那火现在烧得多好、多美妙，十个半老徐娘豁出命去，也救不了那火了。

瀚夫瑞把酒杯递给她，她一口饮尽。然后她没听见瀚夫瑞说了什么，便朝舞池中央走去。路易的嘴唇几乎碰到仁仁的太阳穴了。人家才是一对花儿与少年。半老徐娘想，顶不顶用我都得试试，仁仁是她最后的、最后的希望。

舞曲正好结束，母亲从女儿手上接过这个男青年。血统含混、身份不明的叫路易的男青年握起晚江的手，托起她的腰，下巴正对着她的额。她穿着低领的黑长裙，应该不那么明火执仗。

"你今晚太美了。"路易说。

"哼，对每个女人你都是这句话。"

路易面皮一老，笑笑。她的胯贴了上去，他马上感觉到了，手掌在她背上试探一下，又把她向怀里紧了紧。她感到他的呼吸热起来，蒸腾着她的头发。她身体已经不单单在跳舞了。他马上感觉到那种内向的舞蹈已在她体内起舞。他是个喜欢讨人欢心的人，女人的欢悦更能引起他的欢悦。他看到自己使一个女人颤抖不已的时候，他才感到最大程度的满足。他觉得怀里的女人正一点点走向那个境界，只是更深层的。他们表面上做的、听的毫不相干，从女人的小腹动作，他也知道她实际上在做什么。

"我是对每个女人都讲这句话，但一半是假话。"

"你的女朋友听得出她们属于哪一半吗？"

"得看哪个女朋友。"

"我怎么从来没见你把她们带回家来？"

"我疯啦？"

"忘了，你是开旅馆的。"

她没意识到两人的谈话已相当放肆，但她感到自己成功了。仁仁保住了，至少是今晚，保住一次是一次。她看见瀚夫瑞和仁仁跳得一样活泼可爱，心想这美食节多来几次多好，让节制一生的老瀚夫瑞也失一失态。

"你看，仁仁今晚多美。"她下巴在他肩上一努。

"没有她的妈妈美。"

她笑了，白他一眼："不是真话。"

"有什么区别——真话和假话在这个时候？"她想说，什么时候？大家借酒消愁、借酒撒疯的时候？但她看见他眼里真有了什么。痛苦？怅惘？他难道在说：由于我和你的一万重不可能，我说真话又能改变什么呢？……他微仰起脸，不再继续走露任何心思。

不管怎样，晚江今晚是成功了，为仁仁赢了一个安全的晚上。

她朝公共电话走去时，心里十分得意。

洪敏如约等在那头，嗓音很哑地问她怎么神出鬼没这时打电话。她说她在报上看到两处房产广告，价钱、地点都合适极了。她问他投资什么时候能有回报。他叫她别急，合适的房越看越多，越多得越多看……

"我天天看，特别了解行情。你能拿出一部分钱来也行，先付订金。"她说。

"现在拿不出来。"

"为什么？"

"投资又不是活期存折，你想什么时候拿就什么时候拿。"

"五千块的订金，总拿得出吧？"

"拿不出来。"

她听出他想挂电话了。"你瞒了我什么？"

"瞒你什么了？"

"你把钱又丢了，是吧？"

"没有。"

晚江停了一分钟，什么都证实了。她说："再也没钱往里补了，你趁早别指望我。"

他一声也没有。她心疼起来，说："是真没钱了。债券都卖了。老人家问起来，我就得跟他挑明，我犯了错误，误投了一笔钱。他不能把我怎样……"

"晚江，那我们就没那房子了。"

"等我攒了钱……"

"我们死之前，也买不了房。"

晚江不说话了。

"我跟人借了点儿钱。"洪敏说。

"什么？"

"我跟两个老女人借了钱。"他压低声音。

"你怎么能借钱？拿什么还？"

"她们有的是钱，说什么时候我有，什么时候还她们，不用急。"

"你明天就还她们！"

"为什么？"

"……你现在怎么学会借钱了？过去我们那么穷，也没跟谁借过一分钱！"

"在这个国家，借得来钱，就是好汉，老人家一辈子借过多少钱？你问问他去！……"

"那也不是你这个借法。你什么也不懂……"

"我更棒，连利息都免还。看你急的，我保证尽快还上，好不好？投资一回来，我马上还，行了吧？"

"那是什么狗屁投资公司？快一年了光往里吞咱的钱！我告诉你，你这回再收不回本来，我向警察举报他们！"

"好，举报这帮兔崽子！"

她回过头，见瀚夫瑞站在男厕所门口，正看着她："你在给谁打电话？"

"一个姓朱的太太。我忘了今晚是她生日，跟她说声'生日快乐'。"她心里太多头绪，看着瀚夫瑞想，爱信不信吧。

十六

圣诞节之前，九华突然上门。他眼睛越过替他开门的瀚夫瑞说："麻烦你请我妈出来一下。"

瀚夫瑞说："请进来吧，有什么事进来谈。"

"不了，谢谢。"

瀚夫瑞心想，这小伙子一派冰冷的礼貌倒颇难周旋。无意中倒是他把瀚夫瑞这套学去了。

晚江嘴里问着伤痛还犯不犯之类的话，跟九华向前院走。瀚夫瑞明白，她昨晚一定烧了一堆的菜，要九华假装顺路来取一下。行为不够高尚，出发点不失伟大，要过圣诞了，母亲不能没什么表示。

他从窗纱后面看见九华和晚江在激烈谈话。他猜不出什么事让晚江神色那样严重。他爱莫能助地由他们去了。

晚江问："……哪几家报纸？"

"旧金山每一家大报都登了。这两个华人正在被联邦调查局通缉。你去找报纸看，我又看不懂英文……"九华说。见母亲发呆，他说他是送货路上赶来告诉她这个消息的，客户还在等他的货。

九华走后，晚江回到客厅。路易早上看的报还摊在那里。她读了头版的标题，马上证实九华的消息属实。洪敏投资的那个公司是个大诈骗团伙，两个主谋挟带几千万资金昨天晚上失踪。绝大部分的投资者是家庭主妇和低薪移民，包括保姆、清洁工、园丁。

再也别指望洪敏的钱回来了。

下午那位大马猴太太打电话来，客客气气地请晚江想想办法，替洪敏把三万块钱还给她。一小时后小巧玲珑的太太也打电话来，哭哭啼啼，说她先生逼得她活不了了，问她跟夜总会舞男搞什么狗男女勾当，竟敢借两万块钱给他。晚江哄她说，这一两天一定把钱还上。晚江此刻站在后院。她食指捺断电话，看着剪得秃秃的玫瑰丛林，心想，都冲我来吧。她知道瀚夫瑞在起居室看着她的脊背，但她哪里还顾得上和他啰唆。

圣诞节除夕，瀚夫瑞终于发现苏喝空了他所有的名酒珍藏。他并没有大发脾气或当众羞辱苏，他只对苏说，给我一点儿时间，让我好好想一想该拿你怎么办。

瀚夫瑞是和戒酒组织联合起来收拾苏的。节日后的一天，早上八点戒酒组织的车来了。苏知道顽抗是死路一条，便女烈士一样挺着胸走去。在门厅里，她从容地穿上鞋，把长年蓬乱的头发梳直，又往嘴上抹了些九角九的口红。她的酒糟鼻不十分刺眼,目光也清亮。她大义一笑,说一切交给晚江了。
洇出嘴唇外的口红使苏的笑血迹斑驳,非常地惨。晚江突然
不忍睹地避开目光,两手冰凉的给苏握着。她说她把她的动
物园托付给晚江了,晚江要她放心。苏告诉晚江,她的四只
兔子是终日躲藏的,只管往食槽里添萝卜缨子。她还说两只
猫一般不会打鹦鹉的主意,但绝不能对猫丧失警惕。

瀚夫瑞站在门边,等苏啰唆完,说苏,上车啦。苏在上
车前还在交代:一只猫食欲不振,体重减轻,拜托晚江多给
它些关照。她说若是猫需要进医院,去向路易借钱。你这时
认为苏就是一位女烈士,而刽子手是瀚夫瑞。不止瀚夫瑞一人,
连晚江都插手了杀害行为。这家里的每一个人都盼望穿红色
绒衣的苏快给结果掉,包括仁仁和路易。

晚江看着苏给塞进戒酒组织的车。她的红绒衣是仁仁
十二岁扔掉的,黑色皮包是晚江用腻的。处理苏就像处理一
块疮,九华自己知道自己是这家的疮,自己把自己处理了。
苏却浑噩噩地存在,不时作痒作痛,令人们不适。

你什么时候处理我呢?晚江看着瀚夫瑞太阳穴上的老年
斑,明白他要一个个地收拾大家,苏只是个开头。他肯定已
查看过貂皮大衣和债券。

长跑中晚江不再理会瀚夫瑞的“等一等”。她说这样跑她
窝囊死了,对不起了,今天她得痛快一次。她撒开两条优美
纤长的腿跑去。

她知道瀚夫瑞不久就会放弃。果然,他放弃了。

没什么可怕的。

还怕什么?昨天她给瀚夫瑞写了封信,将洪敏、投资、买房一一向他摊牌。你看,我就是这么一只雌蜘蛛,暗中经营一张大网,毫无恶意地猎获了你。收拾我吧,瀚夫瑞。信的结尾,她说:"很抱歉,瀚夫瑞,一切都不可挽回了,我还是带仁仁走吧。"

她让仁仁把信挂号寄出。仁仁说:"让信在邮局打一转再到瀚夫瑞手里?你们在搞什么鬼?"她指的"你们"是她的亲父母。晚江说:"过两天你就明白了。"

跑到目的地,晚江面朝金门大桥坐下来,看着一辆辆车驶过桥去,她希望能看见九华那辆新卡车。不经意地转脸,她吃了一惊,瀚夫瑞竟远远地追来了。

她不知自己怎样下到坡下,向一辆计程车招手。估计瀚夫瑞已上到了坡顶,正东南西北地搜索她。他以为只是个不巧的错过,等他回到家,晚江和早餐都会十年如一日地等在那里。他怎样也想不到,等他回到家,晚江已到了洪敏的住处。

晚江途中让计程车在公共电话旁边停下。铃响了十多遍,洪敏却不在。她立刻明白了:所有躲债的人都会拔掉电话线。她又打电话去夜总会,从那里得到洪敏的住地。

看清门外是一身运动服的晚江,洪敏才惊魂落定。她若不扯嗓子叫起来,他是绝不开门的。问都不必问,她也看出

老女人逼债逼得有多紧。她要他拿上钱下楼去，计程车司机
还在等她付车费。他从挂在椅背上的裤兜里摸出钱包，嘴里
却说，好像是没钱了。似乎怕她不信，他把钱包打开，给她
看见里面唯一一张一圆钞票和三个角子。她说那就快去银行
拿吧。他笑笑，说银行也没钱。两人就站一会儿，她说，去
邻居家借一下，五十块就够了。

　　他出去后，她看一眼他的皮夹，里面是她二十岁的一张
照片。她从来没来过他的住址，但这气味她熟极了。窗帘似
曾相识，她想起来，她曾从瀚夫瑞车库里找到它，又把它偷
运到九华住处，显然再由九华那里淘汰到此地。窗下的写字
台上放着几个外卖饭盒，里面还有干得十分难看的肉和菜。
一个巨大塑料碗是盛泡面的，现在里面盛了足有半斤烟头。
躲债的人烟瘾大得吓死人。

　　她推开壁橱，见里面放着两套旧高尔夫球具，挂着五六
件高尔夫裤。还有一套马球装和马球棒、一堆靴子。他在跳
蚤市场上买来这些阔佬们的垃圾，指望哪天投资发了财，也
会些阔佬的娱乐。

　　她走进浴室。浴缸旁边有许多块旅馆的小香皂。洗脸台上，
也堆满小香波、小润肤露，一次性刮脸刀、一次性梳子。要
这些小破烂有什么用呢？大概她徐晚江在十年前也会干同样
的事，贪占小便宜，积攒留之无用、弃之可惜的小东西，最
后就把它们搁在这儿落灰。假如不跟瀚夫瑞生活，恐怕她今

天还会像洪敏一样。可洪敏居然宿过这么多廉价旅店？……
她读着一把把梳子上的客栈名称，心想，或许老女人们把这
些破烂当礼物送他的。她绝不追究他，她徐晚江难道干净？

洪敏回来了。睡眠太多，他脸浮肿得厉害。

"我要回去了。"他说，"东西叫九华来帮我收拾，完了拿
到他那儿去。"

"什么时候走？"晚江问。要不是她脑筋一热跑来，他招
呼也不打就扔下她走了。

"明天。"他说。

"……后天吧！"果然啊，你也躲我的债。

"票是明天的。"

"后天走。"眼泪流下来，她视觉中他的脸更水肿了。

……他摇摇头。

"后天我就能跟你一块走。"

他走上来，抱住她。她把脸贴在他肩膀上，呜呜地哭着。
她心里清楚她后天不会跟他走的，大后天，大大后天，都不
会了。是跳蚤市场买来的高尔夫球具，还是廉价客栈拿来的
一次性梳子让她看到了这个痛苦的结局，她不得而知。或许
从他借老女人钱的一刹那，结局就形成了。

"别胡闹，你在这儿好好的……"

"我要跟你走！"

"我有什么用？无知、愚蠢……"

她在他肩上使劲儿咬一口。他一声不吭。她抓他的脸，啐他，"那你就打算把我们母子仨撇下，自个逃命啊？冤有头债有主你不知道啊？你跑了要我抵债是不是？……要是我不来，你就贼一样偷偷跑了，我们的死活你也不管了！……"

她明明知道他是无颜见她才打算悄悄走的。

"我回北京，好好做几桩生意，有了钱，买个两居室……我们团的陈亮记得吧？公司开得特大，老说叫我去呢……"

听不下去了，她转身抄起高尔夫球棒，朝他打下去。多年前她动手他是从不还手的，所以他站着，任她打，打得他跌坐在地上。这个高度打起来舒服了，她两眼一抹黑地只管抢棒子。最后棒子也打空了，才发现他倒下了。她喘着气，心想，没什么了不起，我这就去厨房开煤气。要逃债大家一块逃，要走我同你一块走……

……她眨眨眼睛，满心悲哀地想，这样壮烈的事，也只能在幻觉中发生了。十多年前，她做得出同归于尽的事。现在只能这样了：抹抹泪，回家。

洪敏开车送她。一路上两人相互安慰，说只要不死，总有希望。

十七

回到家她跟瀚夫瑞说她碰见了个大陆来的熟人，两人去早餐店一块吃了早点。她想，最晚到明天，你就不必费事盘问了，信上我什么都招了。

到第二天傍晚，那封挂号信却仍没有到达。晚江问仁仁，是不是把信丢了，仁仁说她可以起誓。那么就是她慌乱中写错了地址？粗心的仁仁填错了挂号单？邮局出了差错？仁仁这时根本顾不上和她啰唆，她一心要去跟瀚夫瑞谈判。

晚江在厨房旁观"谈判"的进行。

仁仁抱着苏的一只猫说："借五百块，不行吗？"

"不行。"

"兽医说，只要把肿瘤切除，它说不定会活下去。要不切除，它就会很快死的。"

"我不担心这个，我担心动手术得花一大笔钱。你认为值得为这只猫花这么一大笔钱吗？"

"……那是我的事。"

"借不借给你钱，是我的事。"

仁仁一下一下地抚摩着体温不足的猫。她抬起眼睛，死盯着瀚夫瑞。"要是我求你呢？"

"你求求看。"

"你原来这么残忍。"

"那是你的看法。"

"苏的看法一定和我相同。"

瀚夫瑞忽然把目光从屏幕上移开。他深深地看着女孩，说："你看见苏是怎么回事了吧？想想，我会让这房子里再出一个苏吗？"

女孩一时不懂老继父的意思。她说："我求您了。"女孩突然妖媚地笑一下，很快意识到这笑有点低三下四，脸红起来。十五岁的女孩从来没有低三下四过。"就算你为我开了大恩，就算你救的是我。"

"苏来的时候，也四岁。看看，我能救她吗？我什么都试过了，最后我还是把她交给戒酒组织去救。苏可能这辈子没救了，她痛苦吗？不痛苦。痛苦的是她的继父——我。"瀚夫瑞的痛苦深沉而真切。按说他不该向十五岁的女孩暴露这些，但他不愿在女孩眼里做个残忍的人。

女孩垂下头。当天夜里，猫不行了。仁仁独自守在苏的地下室里。晚江不放心，披着厚绒衣下来陪她。两人一声不响地面对面坐在长沙发上，猫伸直四爪侧卧在她们中间，更扁了。早晨四点，猫溢出一小泡尿，咽了气。仁仁抱着猫向院子走时，鹦鹉醒了，脑袋从翅膀下面钻出来，嘴里不清不楚地咕噜作响。从猫进入病危，它的伙伴，那只三脚猫就不知去哪里逛了。晚江告诉仁仁，是猫就是三分魂灵，三脚猫才不要回来，在它的伴儿身上提前看自己的下场。晚江也不知这说法哪里来的，有没有道理。

在猫死之后的一天，晚江发现一只兔子下兔崽了。仁仁一下子缓过来，每天回到家就跑到苏的地下室，一双眼睛做梦地看着八只兔崽吧唧有声地吃母兔的奶。她看一会儿，长长叹一口气，接着再看。电话铃响了好几遍，她都醒不过来。电话是个男人打来的，上来就叫"心肝"。晚江听了一阵明白他叫的"心肝"是苏。苏也有把她当"心肝"的男人，尽管她头发擀毡、酒糟鼻子、涂九角九的口红，都不耽误她去做人的"心肝"。正如兔子们，在床底下度日，一样有它们的幸福和欢娱，一样地繁衍壮大。

挂号信仍没有到。每天傍晚看瀚夫瑞去取信，晚江都像等枪决的子弹那样，有几分无畏，更多的是麻木。等到他坐在吧台前用一把银刀拆开所有邮件，然后问："晚餐准备得怎样了？"她便知道这一天又过去了，枪决延缓执行。

九点半她又闻到瀚夫瑞身上香喷喷的。她觉得自己简直不可思议，居然开始刷牙、淋浴。

隔壁院子几十个少男少女在开 Party。音乐响彻整个城市。

　　她擦干身体，也轻抹一些香水。洪敏这会儿在家里了，趿着鞋，抽着烟，典型断肠人的样子。

　　少男少女的 Party 正在升温。无论你怎样断肠，人们照样开 Party。

严歌苓

倒淌河

一

这样一个人在河岸上走。这是一条自东向西倒淌的河，草地上东一片西一片长着黄色癣斑，使人看上去怪不舒服。

十多年后，他又从河岸走回。这时他已知道，那些曾引起他生理反感的黄茸茸的斑块，不过是些开得太拥挤、淤结成片的金色小花。

谁把它当作花来看，谁就太小看它了。这个人交了好运后忽然这样想。

交好运后他还想阿尕（注："尕"发音为 gǎ，此字仅用于西藏女孩的名字）。阿尕是个女人，在那地方随便碰上个女人，她都可能叫阿尕。

我回来了，人们给我让路。他们自以为在给一个老人让路。他们对这只把我压得弓腰驼背、腥膻扑鼻的牛皮口袋投来好奇的目光。好了，让我解开这口袋上的死结。

张开你的大口吧，讲讲你那个老掉牙的爱情故事。

他进门后就去解那只皮囊，他全部家当似乎都装在那里头。他是一副不好惹的样子，据说这个叫何夏的人在那块地老天荒的草原待得返了祖，茹毛饮血，不讲话，只会吼。几天后，当他变得略微开朗时，也谈谈他的事。说起草地深处那一弯神秘的弧度，还说："很怪，我就从来没走到那一弯弧度以外去，马会把你带回来。"

你们围着我，盯上我了。别老这样逗我，我呢，就是变了一点儿形。有这样的鼻子和脸，这样的怪样子，你们就甭相信我口是心非的故事。

真实的故事我不想讲，嫌麻烦。你们自以为在训练一只猿猴，让它唱歌和生发表情。

好好，我就来唱支歌。那种歌，谁知道叫不叫歌。老实说，我可没耐心用唱歌去跟哪个姑娘扯皮。"何罗，我们来生个娃娃。"阿尕就这样直截了当瞅着我，她那时自己还是个娃娃。我跟她没有一来一往唱过什么情歌。有一天，我突然发现她特别顺眼，一切一切都很带劲儿，我就觉得是时候了。跟着我什么也不啰唆就勾销了她的童贞，在毒辣的太阳下，非常隆重地。

要是没有那条河，我说不定会找个法子把自己杀掉。我原想找个地方重新活一次，但一来，发现这犹如世外的草地最适合死。这样荒凉、柔软，你高兴在哪里倒下都行，没人劝你、找你麻烦。在那天就可以下手，借那些遍地狂舞的火球杀死我。真是一个好机会呀！就去追随那些金球样的闪电，死起来又不费事又辉煌。怪谁呢，一刹那我变卦了。不知因为看见了河，还是因为看见了阿岁。

她有哪一点使我动心是根本谈不上的。我呢，我抱过她。我抱她不光为了救她，在那当口儿上，我就是要搂住一个实实在在的活东西。搂住欢蹦乱跳的一条命，死起来就不那么孤单。她求生，我求死，我们谁也征服不了谁，在那里拼命。怎么说呢，我希望她身上那些活东西给我一点儿，我搂得她死紧，为了得到她的气、她的味儿、她动弹不已的一切。我背后就是那个死，因此我面对面抱住她，不放手也不敢回头。我一回头就会僵硬、冷掉、腐烂。

实际上我还是救了她。只有我那糟透的良心知道，我一点儿也不英勇，救她完全为了让她救我。人在决定把自己结果掉的同时，又会千方百计为自己找活下来的借口。她正是我的借口——这个丑女孩儿。

这里的男人都是爱美人儿的。他们说，有一种姑娘，长着鹿眼，全身皮肤像奶里调了点儿茶。可他们个个都懒得去寻觅这种鹿眼美人儿，就从身边拉一个姑娘，挺好，一身紧鼓鼓的肉，走来走去像头小母马，就你啦，什么美人儿不美人儿，你就是美人儿。所以到后来，这地方祖祖辈辈也没见过真正的美人儿。等不及，到了时候谁还等得及她呢！阿岁眼下还很瘦，等她再大几岁，长上一身肉，那时，也会有许许多多男子跑来，管她叫美人儿。

供销社有条很高的门槛，阿孕一来就坐在那上面，把背抵在门框上，蹭蹭痒，舒舒服服地看着这个半年前抱过她的汉人。

她黯淡无光，黑袍子溶化在这间黑房子里。假如我不愿意看见她，那就完全可以对她视而不见。她一笑，一眨眼，那团昏暗才出现几个亮点，我才意识到，她在那儿。明白这意思吗？就是说你爱待在哪里就待在哪里好了，并不碍事，我不讨厌也不喜欢，随你便。难道我闷得受不住，会跟你说："喂，咱们聊聊？谈我那个一塌糊涂的身世？谈我那个死绝了的美满家庭？谈我如何对我父亲下毒手，置他于死地？再谈我瞪着血红的一双眼，要去杀这个杀那个，但我很废物，到最后只能决定把自己杀了？谈这些吗？要不是碰上你，这会儿已经干净啦！这一带的人早把来自远方的这样一堆糟粕处理掉了。"

他们会一丝不苟地干。程序严谨、规矩繁多，虽然我是个异乡死者，他们也绝不马虎半点儿。先派两个大力士把我僵硬的尸体窝成胎儿在母腹里的半跪半坐姿势，再把我双臂插进膝盖。这样搬起来抬起来都顺手，看起来也很囫囵圆满。当然，没人为我往河里撒刻着经文的石头，没人为一个异乡死者念经超度，他的灵魂不必去管。

只是一念之差，我躲过了原该按部就班的这套葬仪。

我竟站在这里，在这个黑洞洞的屋里无声无息、无知无觉地活下来、活下去，连我自己都纳闷儿。我想，原来我也不是那么好杀的。

我万万没想到会有这样一条河，它高贵雍容，神秘地逆流。真该把我割碎，一块块去喂它，偏偏是它，挽留了我，一种遥远的、秘不可宣的使命感从它那里，跑到我身上。我想起，我还有件事没干，具体什么事，我还一点儿不知道，但它给我了，肯定给我了，一件无可估量的重大事情。在此之前，我没做过任何有用的事，没干过什么好事，这它知道，它让我活着，似乎它跟我之间早有什么伟大契约。我的预感一向很灵。

就像阿朵出现的瞬间，我就预感她不会平白无故冒出来。她，我一辈子也不会摆脱了。

她搓着赤脚，牛粪嵌在脚丫缝里，一些没有消化的草末子一搓，便在地上落了一层。她知道这汉人在看她的脚，便搓得越发起劲儿。她喜欢一天到晚光着脚乱跑，没哪双靴子有她脚板结实。她光脚追羊追牛、跳锅庄跳弦子。光脚在河滩上跑，圆的尖的碎石硌得她舒服无比。她差点儿追上了那些遍地乱滚的火球，要不是当时被这汉人抱住。

那天她拿出最大的劲头来跑，他对她喊什么，她无法听见。因为到处都在轰轰响，天狠狠扑下来，压住生养过多而激情耗尽的地。它们渐渐向一块儿合，这样，一颗金光闪闪的火球迸射而出，然后又一颗、再一颗。它们放肆地在草地上蹿来蹿去，带着华丽的灾难。她追赶它们，只是一心想把它们其中的一颗捉在手里。她以为会像捉她自己的羊那样容易。

她恨透这个趁她摔倒扑上来抱她的人。碰上这事不是头一回，阿尕却没让他们得逞过。踢打都不管用，好吧，那就让我在这双手上好好啃一口。可她不动了。

阿尕的牙收拢了。这手？这地方没有这双手。它白、细嫩、灵巧，像剥干净皮的树根。阿尕认识草地上所有的手，因此她断定，它是从一个遥远而陌生的地方来的。

她觉得这双手不是靠她熟悉的那种蛮力制伏她的。就依你了，你抱吧。

然后她被半拖半抱地弄到一块凹地，不知哪个牧人在这里留下一圈墙基。早有人在这里繁衍过，留过种。她被放到地上，下一步，她没尝过，但她是懂的。她很小就懂得小羊不会无缘无故变出来。只是天太不美好，下起雀卵大的冰雹，云压着，像顶脏极了的帐篷。

他紧贴着她，一双白手变了形，每根手指都弯成好多节。她扭过头，看见一张瘦长的、苍白的脸，还有脸上两只痴呆无神的眼睛，没仁。她试着挣了一下，挣不脱。

"你想死？"他突然说。

阿尕稀里糊涂地瞪着他。她懂的汉语很少，但"死"是懂得的。冰雹砸得头皮全麻木了，她见这汉人缩着头，又白又长的脸像快死的马。他就这样搂抱着她，一切都现成，谁知他还在等什么。

他又说："那叫球雷，碰到人，人就死啦！"

"死？……"她大声重复道。

"死。"

"死？……"她摇摇头，笑了，"死——"她突然扬起脖子，嘹亮地喊了长长一声。

她把小时候看见灯的事讲给我听，就在那凹地墙基里。起初我以为她在讲一个神话，我只能听懂很少几句。她一个劲儿重复，表情激烈，用手再三比画。小小的一团火，一团光，一个太阳。我终于弄懂，那是电灯。她眼睛直直地看着不可知的前方，嘴松弛地咧着，像笑，又有些凶狠。我一留神儿，她瞳仁里真的有两个光点。

我突然嗅到她身上有股令我反胃的气味儿。就是将来使我长得健壮如牛的那股味儿。那味儿很久很久以后被我带回内地城里，使文明人们远离我八丈，背地里骂我臭气熏天。我立刻抽回手，这才感觉到已抱了她很长时间，我已沾上了她的味儿。

她站起身，回头看着我，像要引我到什么地方去。我还坐在那里，不想跟她同路。当然，那时我死也不会想到，走来走去，我和她还是走到了一起。从一开始，到最后，我都不能讲清我跟她的感情是怎么回事。谁又能讲清感情呢？假如我说我爱她，我们之间有过多少浪漫的东西，那我会肉麻。那样讲我觉得我就无耻了。

她，我是需要的。哪个男人不知道什么叫"需要"？女人也会"需要"。"需要"谁都懂，都明白，可谁都没认识过它。"需要"就是根本，就是生，是死的对立。硬把"需要"说成爱情，那是你们的事。

如果非要我谈爱情，那我只有脸老皮厚地说：从阿尕一出现，我的爱情就萌生了，不过当时我并不知道。

她慢慢朝前走，又停下，回头，仍用那种招引他的眼神瞅着他。她满心喜悦，因为她感到自己突然从浑顽的孩童躯壳里爬出来。那躯壳就留在这男性汉人怀里。后来，在河边，又一次奇遇，他说他一定要在此地造出她见过的那种小太阳，她就开始老想他，做些乱七八糟的梦。再后来她就每天跑上许许多多路，到他的供销社，坐在那个高门槛上，看他。

她又黑又小的身影走远了。我看见她肮脏的脚，一对很圆的、鲜红的脚后跟。草地浅黄，远处有一道隆起的弧度。她朝那里走，永远不可能走出我的视野。我也在走。我觉得她是个精灵，在前面引我。

可能就与她同时，我看见了河。河宽极了，一起一伏，呼吸得十分均匀。天被它映得特别蓝，它被天染得格外蓝。

我不知道这魔一般的蓝色最先属于谁。刚才的球电、冰雹、雨全没惊扰它吗？这大度量、好脾气、傻呵呵的河啊！

这样一个人被它惊呆了、惊醒了，就是我。我想起刚才的事，小姑娘说起灯、神火。我脑子里把她的话跟这河不知怎么就胡乱扯到了一块。她一直往前走，看样子走得很快，可又像寸步未移。河在奔腾，十分汹涌，可也是纹丝不动。我觉得她和它在这里出现，都是为了等我。

阿尕一张嘴，先是长而又长地喊了一声，那一声起码在草地上转了三圈，才回去。她突兀地收拢住声音。像抛出的套马绳，套中目标，便开始猛勒住绳头，完全是个老手。她再次张嘴，便不再是一味地狂喊，声音大幅度颤动，渐渐颤出几个简单的音符。她狡猾地把一支歌藏在了这酷似长啸的声音里。

阿尕晓得，这地方的人都唱歌，但没一个人能像她这样唱。有次她下雪天唱，跑来一只孤狼，远远坐在那里，跟她面对面。许多人围上去打，它也没逃。后来发现它已经冻僵，和地面难解难分了。有人说，他亲眼看见那头冻僵的狼在哭。

你跟我来，我给你水喝，

你再看看，那是我心挤出的奶。

你是外乡人，你活该你活该，

你不趁早，奶变成了脏东西，

你活该，你活该。

那时我对她还一点儿都不了解。不，到最后我对她还是一无所知。她给我的，我只管一股脑儿拿了、吃了、喝了、消化掉了，从来不去想，那都是些什么。只有到没有她了，什么都没了，我才想起我成了个穷光蛋，我挥霍、糟蹋得太凶了。她一开始就对我唱"你活该"，后来想想简直让我害怕，令我毛骨悚然。她那超凡的预见比我更准确、更强烈。那时她还小，可她已意识到一种悲惨和必然的结局在等她。她那么小，就意识到宿命的力量，不知怎的，我总觉得这种先觉来自她神秘的身世。她从哪里来，我从来没搞清过，草地上所有人都搞不清。她自己就能一口气说出十多种不同的履历。好在草地之大，那地方对谁的来历或档案是从不纠缠的。那里，你告诉人说，你从坟墓里来，也会博得一片信任。

跟你怎么说呢？就这样一个小姑娘，黑黑瘦瘦，小不点儿，你简直就不明白她凭什么活着，她活着对谁有用呢？她根本谈不上美不美，应该先把她放到十只大盆里好好洗上十天，再来看她的样子。但她是个女孩儿，要命的是，她早晚要长成个女人，就这点，对我已够了。我苦苦在她身边伺候，等着她长大。那时我并没意识到，我在等她，像守着一棵眼看要开花结果的树。唉，我的黄毛丫头，我的阿尕。

想忘掉她，已经太晚了。这关键不在于我，而是她，她有那个本事叫我对她永世不忘。

现在你来了，说你也等了我十好几年。好像我真有那么卑鄙，糟蹋了一个又耽搁了一个。其实你过得蛮正常，结婚生孩子，当管家婆，你踏实着呢。你哪天有工夫想我？你带着那些原打算跟我合盖的缎子被，跟另一个男人过了。说老实话，我可没等你，我又不痴。

明丽，看在我和你二十年前有场情分，别逼我。关于阿尕，我一个字也不会对你讲。

真怪，这女人还是这样乖巧秀气，像只小猫。她说她还那样爱我，想不爱也不行。好哇好哇，你这撒谎的猫，找死来啦？

我对我的前任未婚妻说："行啦，你来看我，我就够高兴了，有什么哭头？"这是我半晌来讲得顶像样的一句话。"你没变老，还挺漂亮。走在马路上，你丈夫大概特别得意吧？"我突然嬉皮笑脸起来。

明丽一下就止住了泪，猛抬头看我，不知我出了什么毛病。我又说："你真没变。你孩子多大了？"

"大女儿九岁了。"她无精打采地说。软绵绵的目光在我丑怪的脸上摸来拂去，弄得我怪舒服。"你的鼻梁怎么搞的？"

我按按它，说："像个树瘤吧？我儿子今年也不小了，七岁，该上学了。"

她大吃一惊，肯定大吃一惊。但脸上还好，神情大致还正常。她心乱如麻，肯定是心乱如麻。

"你儿子叫什么名字？汉族的还是……"

她在试探，看看我是不是跟哪个她概念里的女人搞到一块了。她还抱一线希望，认为我不至于那么疯。依她的观点，要真那样，我就毁了。

"他有俩名字，一个汉族的，一个……"

她听到这里就不往下听了，够了。

可我还接着往下说，瞎话连篇过扯谎的瘾："我那小子有这么高。"七岁的男孩，我从来不晓得他们一般该多高。我的手在空中上下调整一会儿。"长得特棒，踢不死打不死没病没灾，头发是卷的，眼睛又圆又黑！"我描绘一个我从未见过的天使。

杜明丽知道自己在硬撑着微笑，做出为他幸福的样子。一会儿，她就一个人到马路上去哭，去捶胸顿足，想到他那个混杂着两个种族血液的儿子，她就怕起来。他是他父亲的后盾，是他的靠山。他正在发育，飞快地成长，刹那就会像堵墙一样挡住她的视线。他将把这门堵得严严实实，截止了她要跨进来的企图和可怜巴巴的顾盼。无论她怎样伸头探脑，也不可能再看见他身后的他的父亲。何夏，别把你儿子拿出来镇压我，我可是胆儿小。我并没对你干下太大的坏事。一个女人，还要她怎样呢？我爱你你不信，我等你你不在意，我来看你，你抬出你儿子。一个女人，你要想过瘾解恨，就上来把她掐死算了。

"何夏，"杜明丽压住一肚子阴郁，说："你爸死前给我一个手镯，是很贵重的玉。"

"那你好好收着吧。那是我妈的，我妈死的时候，临埋了，他都没放过，把它撸下来了。"何夏龇牙咧嘴地笑笑，"我爸可真叫'人为财死'。"

"他死的时候，你知道有多惨，浑身抽筋，抽得只有这样短……"

"别说了别说了，你过去信上写得够详细了。他要活到现在，我跟他也是敌我矛盾。"

"我看你太狠了，就那么恨他？未必。当时你为啥闹下那场事，差点儿打死人，就是为你爹。你是为你爹拿出命来跟人拼命，别看你嘴硬。你现在变得我摸不透了，可那时你什么念头我都晓得。你为什么跑到那个偏远的鬼地方，我能不明白吗？"

从前，有个人叫何夏，因血气方刚好斗成性险些送掉一条老工人的小命。当初我逍遥自在地晃出劳教营，看到偶然存下来、撕得差不多了的布告，那上面管何夏叫何犯夏。很有意思，我觉得我轮回转世，在看我上一辈子的事。劳教营那长长阴湿的巷道，又将我娩出，使我脱胎换骨重又来到这个世道上造孽了。谁也不认识我，从我被一对铁铐拎走，人们谢天谢地地感到可以把我这个混账从此忘干净了，包括她——明丽。我就像魂一样没有念头、没有感情地游逛，又新鲜又超然，想着我上一辈子的爱和恨，都是些无聊玩意儿。

我已不记得我当时怎样踏上了草地。也许有人对我介绍过它，说它如何美丽富饶又渺无人烟；也许是我想碰碰运气，盲目流浪到那里的。总之，我为什么要去那里，当时的动机早被我忘了。抑或说它有种奇异的感召力，不管它召我去生还是召我去死，我没有半点儿不情愿就朝它去了。一去几千里。

"你父亲临死的时候说：咱们家败完了，就剩了何夏一个人，你要照顾他……"

"这就是他的临终遗嘱？"

杜明丽点点头。老头儿可怕地抽搐，嗓子里发出类似婴孩啼哭的尖细声音。她简直想拔腿就逃，而老头儿却伸过痉挛得不成样子的手，抓住她，她不顾一切地大叫起来。老头瞪着眼，想让她别叫，别对他这样恐惧嫌弃。不一会儿，她的手碰到一个冰冷的东西，是只玉手镯。他用另一只手拼命把手镯往她手上套。等他死后，她才发现他并不可怕，十分慈祥。眼边深沟似的皱纹里渗满了泪。

但她永远也不想把这个真实的结局告诉何夏。她内心是抗拒那种无理束缚——那只手镯的。但她没有讲，她讲的是一个合乎常规、为人习惯的尾声。什么临终遗言、娓娓相嘱，等等。那尸体奇形怪状到什么程度，那手镯让她怎样寒彻骨髓，她没讲。

二

我们仨，明丽、我、阿尕不知我们究竟谁辜负了谁？真滑稽。我爱明丽是可以理喻的，而对阿尕，却是个秘密，我也妄想揣度它。她就坐在那里，黑暗一团，几乎无形无影，但我知道，她永远在那儿。

看看她这脸蛋是怎么了？像瓦壶里结的斑驳的茶垢，这就是阿尕。她光着脚，踝骨像男人一样粗大，长头发板结了，不知成了一块什么肮脏东西，这就是我的阿尕。她永远在那儿。

这地方的人开始注意这汉人奇怪的行为了。三五成群的男人撮着鼻烟，不断冲太阳打个响亮的喷嚏，他们中有人指着他的背影窃窃私语。真该上去抽他一顿鞭子，这头傲慢无礼的内地白驴。他到我们的地方，却没朝我们哈过腰，连笑也没笑过。他每天跑到河边去，疯疯傻傻地站在那里看。他在河里找到什么了？这河里从来没有金子。

太阳一落，便没人再去管他。家家帐篷中央拢堆牛粪，一半是黑暗另一半还是黑暗，这一刻是他们祖祖辈辈金不换的幸福。

阿尕却偷偷跟在他后面，她这样干已经不是头一回。她像条小蛇一样轻盈地分开没膝的草。河岸上放着一只牛皮船，这种船并不稀奇，此地人要渡到河对岸去，就得乘它。不过很少有人对河那边动过心，为什么要渡到那边去？这边已经够广阔了。一旦有人想过河也很简单，就做一只这样的牛皮船，用木头扎成框架，用五六张牛皮连缀起来，再绷到木架上，船就有了。有人说，这条河一直流到地下，通往另一个世界。从前，这地方有个懒汉，过腻了牧畜生活，就那样干了。他把老婆孩子和吃的放在一只船里，自己和酒放另一只船里，两船相系，就漂走了，永远没见他回来。

阿尕见他上了船，便拔腿追上去。她跑近，船早已飞向河心。

船在河里一高一低，有时转个圈。河底潮汐把浪花从深处采来，白花花的举在船的前面。

她开始朝他喊。浪把船冲得轰轰响，他一点儿也听不见。她便在河滩上狂奔，眼睛死盯住船。她要这样一追到底：即便他要离去，要在这河里消失，她也得亲眼看着。

阿尕跑啊跑。她在追完全疯掉的白色马群。马群驮着死到临头都不屈服的骑手。再往下她知道会怎样，船会头朝下直竖起来，将船里的或人或物一刹那抛干净。她急了，从腰间抽出"抛兜儿"。"抛兜儿"在她头顶嗖嗖尖叫，飞旋出一个光环。

我被击中了。这是我头一回领教她的武器，晓得她的厉害。她和她的民族，是如此善用武器。再来瞧瞧她的绳枪，他们叫"抛兜儿"的玩艺，我听见嗖嗖响时已晚了，卵石划着一道白色弧光在我腿上已终止了旅程。这块卵石实在不小，足能打断一头犍牛的犄角。我的腿骨"哪当"一响，全身都震麻了。我什么也来不及想就从牛皮舟里翻出来，掉进河里。我的腿在河里才开始疼，疼得我以为它已没有了，手去摸，还好，它还在。我是会游水的，水性不赖，可遭人暗算的愤怒使我全身抽风一样乱动，手脚完全不被理性控制。再说受伤的腿使我身子老往一边儿偏。还有这河水，谁接触过这样冰冷的水？它不是在我体外流动，而是灌进了我体内，更换了我全身的热血，我的每根血管都冻得发硬，正在"哔哔啵啵"地脆裂。我开始浑身发紫发白，很快就要明晃晃地肿胀起来。可我依然愤怒得不能自持，她这样害我，毫无缘故。我的四肢差不多丧失知觉。我想下一步，该是有个人把这具满腔愤怒的尸体打捞起来了。

当然，我不承认是她把我打捞上岸的。虽然她的确在"呼呼呼"地喘，长发上和全身的水淌在河滩上，淌成一条小溪。

我听见她的尖声号叫，那是在我落水的瞬间。后来我恍惚看见一个黑东西掉下岸，极慢极慢地向我靠近。我们在水里撕扭了好一阵，我用抽筋的腿把她蹬开，等她再次扑上来时，我死命揪住她的头发。刹那，我恨透了这个黑鬼似的女孩，她老是无端地跟踪我。她被水呛得直翻眼睛，鼻子和嘴挂着黏液。无数条黑发辫软软张开，像某种水族动物漆黑可怖的触手。现在知道了吧？我跟她的开头就不好，就异常。从那一刻，我跟阿尕缠不清、搅不完的感情便开了头，或不如说我们的自相残杀便开了头。

我没料到她有这本事。她蛇似的在我怀里扭啊扭，突然扭头咬我一口，咬在我肩上，使我不得已松开揪她头发的手。然后我们不分胜负地双双上了岸。河在前方发出奇特而恐怖的声响，像有成千上万的人在那下面歇斯底里地大笑。这儿离我放船下水的地方已很远，草地变得阴森起来。河在一眨眼间把我送到这里，流速可想而知。我想起从上船时就无法自持。

有种莫名其妙的后怕使我软了，全身没一点儿劲儿，随她拖。我看见她又黑又小，拼死拼活地搬弄我这条让水泡肥的大死鱼。这河里有种肉乎乎的鱼叫"水菩萨"，一经打捞上来，鱼头就奇怪地变成一张老头脸，又阴险又悲哀，跟我此时的样子极像。她跑到远处拾来干牛粪，有的牛粪表面已干得出现密密麻麻蜂窝样的孔。然后她就跪在那里"嚓嚓"地用火镰打火。真可笑，这只比钻木取火先进一步。我躺在这里突发奇想：顺着这条倒淌河走，一直走，就能走到远古。爱因斯坦几乎要否定时间的不可逆性。我想，这条河流倒着流，其中必有它的奥秘。想象一下吧，整个历史就是这条河，它在某个地方不为人知地来了个彻底的转折，好比一条绳带的一头向另一头对折过去，于是现代与原始便相逢了。将看见的，便是化石和累累白骨的复活。

火点着时，天已全黑了。我懒得去看她怎样费力地将火种培植壮大。火投在我和她的脸上，使其变形，变幻出野性和怪诞的影子。我们一声不响，完全是一对人类最纯粹的标本。

他忽然站起来，阿尕也跟着站起来。除了獐子，草地上找不出比她更敏捷的东西，她敢打赌。她知道事情没完，水里那场恶斗还没有结束。上啊上啊，她拿出架式，身体略弓着，鼓满力。这样又瘦又高的对手打起来最方便，只要攻他下三路，只需猛一撞，他就得倒。阿尕想着，忽然咯咯地笑起来。草地上的人，摔摔跤、打打架是很快活的事。

他没上来，大惑不解地看她笑。一边脱下衣服、裤子，举到火上烘。她看他是副好架子，就是太瘦，这里那里都看得见漂亮的骨骼在一层薄皮下清清楚楚地动。不过几年以后，她使他壮起来。是她喂肥了他，使他有一身猛劲儿，用来摧残她。

"你为什么用石头砸我？"他问道。

她笑得轻了，说："石头？"她对他的话多半靠猜。谁知道呢，恐怕听懂他的话靠的并不是听觉。

"砸得太狠了，你瞧，这儿。"她停住不笑了，两膝着地爬过来，凑近去看他的腿。没什么，这个白脸皮汉人就是不经打。她碰碰那伤处，他"嘶"的一声，她立刻也学着很响的"嘶"了一声，又笑起来。

"你说说看，你干吗对我投石头，手那么毒？"他把她的头用力一扳，把她脸都扳变了形。

她呆了一会儿，便像小狗那样左右扭动着脑袋，嘴里尖声尖气地发出"哼哼呀呀"的声音，又撒娇又耍赖。她觉得他这种虐待挺舒服，等于爱抚。

"你想害我吗？想把我打到河里淹死！"他拧住她脑袋不放，脸上出现那种因作践小动物而产生的快感。

"死？"她大吃一惊。这汉人为什么总说死，她不懂。她粗鲁地打了一下，把他的手打开。

我不知要费多大劲，才能把这些话跟她讲清楚。来，我跟你讲一种很妙的东西，它的确很像你去追逐的那种火球，它不是神火、什么小小的太阳，那不过是种简单极了的东西，叫电灯。我还讲，能造出它来，我就行。这野姑娘用一双亮得发贼的眼盯着我，恐怕碰上个骗子。

　　我说，我是在工作，不是吃饱了撑的去玩那条船。你不是要个小小的太阳，要它挂到每个帐篷里去？我就是专门造太阳的。我嘛，过去在发电厂做工。她忽然问，是用水造太阳？我知道我这样唾沫横飞也是白搭，要她懂得这些简直妄想。可她貌似开了窍，不断点头，"哦呀、哦呀"地答应着。管它呢，我自顾自讲下去。实际上，我也在说服自己。这条河太棒了，建个水电站没说的。有这样的河，你们还在黑暗里摸来摸去真该把你们杀了。就这样，你看，在这里筑条坝，把水位提高，当然还得有机器、有设备、有挺复杂的一套玩意儿。现在我只是先了解河的性能，搞一手资料，我干的就是这个。我可不是这方面专家，只是个工人。这些也得干着瞧，也说不定会干砸，但总胜过在黑咕隆咚的破供销社里等死。在那里跟等死是一回事。

　　太阳，就这样造出来的，小丫头。

　　这时我见她腰上有什么一响，仔细看，是几枚铜钱，古老但不旧。

　　"你发誓，发誓啊！"她吼道。他刚才那些晦涩难懂的话使她又振奋又悠忽。它就是那样的，会亮会灭，随你。她要他发誓赌咒。其实她已经相信他了：他干得出来，什么都不在他话下。正因为相信，她便害怕，怕这个人，对他具有的智能和力量产生出不可名状的一种恐惧和担忧。

"我把手放在这上面，问你——骗我是罪过。你说你造太阳，真的吗？"她手托住胸前那只小盒，里面有尊不知什么像。哎呀，他没有听懂吗？

我模模糊糊懂了。

可惜我没有她颈子上吊着的那东西。那东西自然是她的偶像，看她严肃凶狠的样子，我对她如此举动不敢嬉皮笑脸了。她要我发誓，要我像她这样把舌头伸出老长。我不知道自己伸着舌头是否像她一样丑。我没偶像，从不认为那东西神圣得不得了，但我得依她。阿尕，你瞧，我这样，还不行吗？把手放在胸脯偏左一点儿、那个蹦个没完的活物上，回答你，我的话全是真的。我决心要给你造个太阳。

然后，她讲给我听，关于这条河。

阿尕最早的意识中，就有条河。它在她记忆深处流，是条谁也看不见的地下暗河。她那时三岁？五岁？不知道。没人负责记住她的岁数。反正她只有一点点大。阿爸将两条牛皮舟相系，要去发财，去找天堂。那年草原上的牛羊死得差不多了，整个草地臭不可闻。阿爸说他看够了牛羊发瘟，要离开这里。阳光、草地、乡亲都飞快向身后奔去，河越来越黑。她终于听见天堂的笑声，成千上万的人一齐狂笑，笑得气也喘不上来。

"你听见了吗？笑！"她把他紧紧拉住。遥远的恐惧使她瑟瑟发抖，浑身汗毛变硬，像毫刺那样立起来。

"就这里吗？"他呆了半天才说。

"有一家人，很早了。"她说，"男人带上女人，女人抱上娃娃，装在船里，就在这儿。听见笑——嘎嘎嘎。一下子，船就没了呀……你去问问，那家人，这儿都晓得。"

我发现她被某种幻觉完全慑住，样子古怪而失常，当时，我还没往那方面猜，没去想这故事很可能是她真正的身世。

当然，这里确实有覆舟的危险，但绝不像她讲的那样神神鬼鬼。我后来就试过，只要有勇有谋，它也不那么容易就吃了我。

我可不是吹嘘我当年的英勇。找刺激想冒险是青春期一种必然心理状态，就好比情欲。冒险也是发泄情欲的一种方式，是一种雄性的方式。我坦率告诉你们吧，情欲是黑暗一团，你不知道自己在里面怎样碰撞、跌打、发脾气，总之想找个缺口，冲出来就完事。冒险就是一个缺口。在激情没找到正常渠道发泄之前，冒险就是一个精壮男子最理想的发情渠道。

我这样讲恐怕太露骨了。你们想听的是爱情或传奇故事。关于我和阿尜，我是失去她之后才发觉自己对她的钟爱。行了行了，根本就没什么他妈的爱情，你们多大？二十五六岁？这就对了，这个岁数就是扯淡的岁数。什么爱情呀，那是你们给那种男女之事强词夺理地找出的美妙意义。要是我把我跟阿尜的事讲出来，你们准否认那是爱情。其实那就是。

所以，我才在失去她的日子里痛心不已。

那时我也年轻，我也误认为这不是爱，结果贻误终生。

何夏一谈到爱情就缄口，装聋。这就更使人预感他发生过一场多伟大、多动人的爱情。何夏并不迟钝，一点儿不傻。他能很圆滑地抹开话头。每逢他一阵长久的沉默之后，会忽然讲一件有趣而怪诞的事，就把别人的兴头调开了。

他说："我认识那里一个老太婆，人家叫她秃姑娘。不用说，她不止秃了三年五年。她会讲许多奇奇怪怪的故事。她讲，有个女人怀孕五年，生下一块大石头，把它扔到河里。后来有个又丑又穷的男人把它抱走了，天天搂怀里，捂在袍子里，有一天，他发现石头上长出了头发！"

听的人有怕有笑。

他又说："那地方过节，老人们必然聚在一块唱歌。曲调一点儿听头都没有，单调极了。但他们唱的时候全都庄重得很。听着听着，你就知道这歌不一般了。他们唱千年前大雪天灾使一族人流浪；唱外族人一次次侵扰他们的草场；还唱朝廷夺去千匹良马却要茶叶来付偿（注：清朝政府曾有'茶马'政策，即以茶叶易牧民的马。）很久以后，我才明白，这歌谣就是他们民族的一部《荷马史诗》。这歌不用教，等孩子们长大，青年人变老，自然而然也就会以同样悲壮的感情来唱它了。不过这部'史诗'被祖祖辈辈唱下来，不断添加神话，搞得谁也甭想弄清它的真伪比例。比如刚才说那男人娶石头为妻，他们的'史诗'也一本正经记载过。他们这一族人只有几千，为什么呢？他们认为必定是祖先娶石为妻的缘故。"

人们又问还有什么还有什么。

"还有种草，火烧不死。有次雷火把所有草木都烧光了，只剩这种草。牲口吃了全大笑着死掉；人吃了死牲口肉，也都大笑，笑到死。这倒不是听他们唱的，是我从他们县一本野史上看来的……"

大家离去时哈哈着说那鬼地方实在愚昧。

阿岔，你不知哪个时候误吃过那种毒草，所以你一笑就发癫。你会笑得浑身乱颤、遍地打滚，像闹瘟的牲畜那样使劲儿蹬腿。我真烦你那样笑，可我踢你打你，你也止不住要笑。值得你笑的事怎么那样多？比如我说我爹死了，按当地风俗，入土前晚辈要披麻戴孝，再弄了瓦盆给他摔摔，你就笑啊笑啊，我那一点儿怀念、半点儿忧伤，一下让你笑没了。

现在我常在梦里被阿岔的笑声吵醒。

三

明丽来了。那么干净得体地往办公室门口一站,真让我有些受用不住。傍晚,这个雪白皮肤的女人若是你妻子,对你说:呀,我忘了带钥匙。那你福气可是不小。她也不是什么美人儿,但这样就差不离了。往同事中一带,这是我爱人,她的礼貌、温雅、略带小家子气的容貌,再加一点点娇羞和卖弄风情,都好,都合适,简直太给我撑门面了。尽管她已有些发胖,皱纹也逐渐显著。我在这里心醉的一塌糊涂,一刹那,真巴心巴肝地渴望一个和她共有的家。

杜明丽被他少有的温存目光给弄晕了。甚至在他们初恋时,她也很少被他这样看过。他是那种缺乏情愫的人。她跟他初认识,他就是一副恶狠狠的形象。那时他和她都刚进厂不久。他是工会的活跃分子,羽毛球、乒乓球、网球样样行。她什么球也不会,总站在一边看,有球落下来,她就跑上去捡。有次他打完球忽然叫住她:喂,以后你别捡球了。她说为啥。他虎着脸说,你捡球老猫腰。她笑了,你这人真怪,捡球哪能不猫腰。他气鼓鼓的，憋一会儿才说：你衬衫里穿的什么？她说，背心呀。背心里呢？他又问。她脸一下红了，又羞又恼。他说：我全看见了，你这衬衫领口开那么大，一猫腰，谁还看不见里面。她气得说不出话。

如今他这样对她瞅着。墨绿的裙子、白衬衫，对一个三十八岁的女人来讲，是较本分的穿着。她可没打算来诱惑他。

她不断在他身上发现备受伤害的痕迹。就说脸，那些痕迹使他的脸比以前耐看。这脸孔上的一切变化都是非常的，无所谓缺陷和长处，美和丑早在这里混淆，谁也讲不清到底对它是个什么印象。它就是它，就那样，放在那里，让人触目惊心。它的变化不是一朝一夕完成的。很早很早，那种侵蚀他容颜的因素，他心里就有。他对他父亲破口大骂时，那因素就已开始起作用。"你这老贼坏！老盗墓贼！"那时他的样子多可怕、多残忍。他现在不过是把当时的爆发性神态保存和固定了下来，又加上风雨剥蚀、岁月践踏，等等。

于是就造出来这副尊容。这脸若凑近，像从前那样跟她亲热，不知她会不会放声大叫，就像当年被他垂死的爹捉住手腕，碰到那个冰冷的手镯那样惨号。

老头死后，她很后悔，觉得那样叫太伤他心。她知道老头并不坏，反倒是儿子太不近情理。老头甚至很善良，最后的念头，还是想成全这个毁了他的儿子。想用那手镯，为儿子套住一桩美满婚姻。

杜明丽替何夏收拾房间。她是个爱洁如癖的女人，一摞碗筷，就够她慢条斯理、仔仔细细收拾半天。她把小木箱竖起来，食具全放进去后，又用白纱布做了个帘。

我看她干这一切，完全像看个小女孩过家家。似乎她能从收拾东西布置房间这事里得到多大幸福。二十年前就这样——总是她轻手轻脚在我房里转来转去，没什么话，有的也是自言自语：书该放这里嘛，放这儿好，瞧瞧，好多了。我呢，从来不去理会她，从不遵守她的规矩，等她下次再来，又是一团糟。但她从不恼，似乎能找到一堆可供整理的东西，她反倒兴奋。我的屋里早不是最初那副寒酸相，那个囊括一切家当的牛皮口袋被她拿到鞋匠那里卖了，然后，我屋里便到处添出些小摆设，害得我在自己屋里缩头缩脑，常常迷路。

她说她对我情分未了，我说何必。她说："那不行，我不能对你撒手不管，除非你跟别的女人成家。"说到成家，她声音直打颤。然后她笑着说，这样，也免得你老恨我。

明丽，你知道，这个世界上我不是最恨你的，有个人恨不能把你杀掉。阿尕，她让我领教了她那古老种族火一样的嫉妒。

阿尕问我："你爱这个女人？"她指那张夹在书里的小相片。

我说当然爱。

猜她怎样？她一头朝我胸口撞过来，等我站稳后，正要痛揍她，她却抢在我下手前又猛撞一下。这次她不是撞我，而是撞在粗圆木的墙上。她要再来那么两下，她要不死我的屋就得塌。要不是那结果，我就不是人。

后来她见到你，明丽，就是你去跟我结婚那次，你居然能从她手里逃生，真是你的造化。

我哪里知道，那时我在她小小的肉体和灵魂里已生了根。从河里爬上来，听了我那番造太阳的玄说，她就打定主意，要给我当牛做马。可怜她那时只有十六岁。从此她常常跑许多路，赤着一双乌黑的脚，披头散发站在我面前。她出现在这里，使得黑暗一团的供销社格外像个洞穴。她待在这儿很合适，破破烂烂的一堆，提示着我的处境。我很少理睬她，有时会突然烦躁，要她走，滚出去。有次她没有立刻滚出去，而是磨磨蹭蹭走到柜台前，指指那一束败了色的头绳：我买那个。她给我一枚带着她的味儿的硬币。从此她开了窍：只需一枚硬币就有权饱看我一顿。像城里人看杂耍，或进动物园，只须一个硬币。一旦我来了脾气，要她滚，她就从身上摸出一枚早准备好的硬币，买一根头绳。我因为她的一枚硬币而不能发作，有这点儿小钱，她便有借口跑来，理直气壮地瞪眼瞅我。想想看，把我跟她的开头说成一见钟情，有多恶心。

我们最初的关系就是这么回事，谈得上什么男女之情呢？我们也有好的时候，我说，阿岁，你会唱一百支歌吧？她笑着说，哦，一千！我们能用汉语和当地话混杂的语言交谈了。
你的歌全是哇哇乱喊，听不出名堂。她说，哪支歌都有名堂。
她马上唱起来，用手把脸捂得十分严实，膝盖一上一下地颤，
我从她膝盖的动作，看清这支歌活泼的节奏。她反反复复地唱，
不像平常那样拉长音调，而是跟讲悄悄话差不多。

> 我最爱的人，假如你是树，
>
> 我就是你身上的叶子，
>
> 你死了，我就落了。

　　我听后哈哈大笑。阿尕，你这傻瓜，树叶落了，第二年又
会长新的呀。她一下松开捂在脸上的手，露出一张大梦初醒的
脸。我见她胸脯一鼓一鼓，低头急促地往四面八方寻找，我知道，
这时她要真找到什么得心应手的家什，准照我砸过来。可草地
到处都是柔软的，连石头也没有。她冲我做了个龇牙咧嘴的凶
相，转身就跑了。这回我把她惹得不轻，挺好，她不会再到供
销社来烦我了。
　　对她发脾气、呵斥、骂，甚至扇几巴掌，都不碍事，她
仇恨的就是嘲弄。她专心专意在那里唱，在那里倾诉，醉心
的不得了。我这么不屑地一笑，她就受不了。她出于她那个
民族的自尊或说自卑，有根神经特别敏感脆弱。她最终离开我，
恐怕也出于同一缘故，出于自尊心被我折磨得遍体鳞伤再也

不堪忍受。但我发誓，这类精神上的虐待全在于我的无意识。

怎么能说我就是个混账呢？我和她矛盾痛苦之深，并非两个人的问题。这涉及两种血统、两种文化背景的差异。我们屈服感情，同时又死抱着各自的本质不放。我爱她，但我拒绝走回蛮荒，去和一个与文明人类遥遥相隔的女性媾合。后来的一些夜晚，她睡在我怀里，我吸着她极原始的气味，会突然惊醒。我害怕，感到她正把我拖向古老。人类艰辛地一步步走到这里，她却能在眨眼间把我拖回去。假如说我混账，我大概就混在这里，每当我干完那事，总要懊恼不已，一种危机感使我心烦意乱。

至于我后来设计水电站，也谈不上什么为那里的人造福。有一半是为我自己，或说为救她。我认为救她唯一的办法是改变她的生存环境。我爱她，怎么办呢？

从她唱歌，我把她得罪后，她再来看我时已十七岁。那是春天，是个最伤脑筋的季节。虽然草地的春天还盖着厚雪，但雪下面的一切生灵都不老实了。种种邪念都在这一片纯白的掩盖下开始骚动。

一开始，还是那样。她跑许多路，只买一根头绳就走。她不怎么讲话，刚学会羞答答。她常常是我唯一的顾客，屋前屋后，处女般的白雪上只有她的脚印。她脸盘大了，穿件皮袍，挺臃肿，但不那么小不点儿了。我觉得她变了个人，怎么说呢，有点儿像回事了。当然，依旧不漂亮，只是捂了一冬，捂白了，嘴唇特鲜艳。我见到她，头一回感到莫名其妙的快活。

我说，还是买一根头绳？

她说，啊。

她匆匆跑掉时，我看见那双脚依旧，还是光着，两只滚圆通红的脚后跟灵巧极了。不知怎么，那脚后跟使我浑身一阵燥热。我想，坏事了。这天有许多人在店堂里买东西，每逢我从县城运货回来，牦牛脖子上的铜铃家家户户都听得见。冬天归牧，牧人全回到冬屋子，都闲待着。从牛铃一响我就不得清静了。阿夗等最后一个顾客出去，才从门槛上站起来。是的，我这几天的确在等她。她不来，我就像条疯狗，在这洞穴里转来转去。谁都知道，这不仅仅是感情，没那么纯。男人，到了岁数，就这么个德行。我对阿夗，从这儿开始，感情里就掺进了一点儿脏念头。我在她臃肿的大袍子上找，终于找到那下面我想当然的一些轮廓。

她走上来，猛朝我吐了一下舌头。她就用这种顽劣的方式向我表示亲热，像条小母狗。

"又来捣乱啦？"我说，我决定今天不马上撵她走，好好跟她胡扯一会儿。可她很快把预先攥在手心里的硬币扔到柜台上。

"买什么呀？"我跟她逗。

她慌慌张张地浏览所有货物，装模作样地好像最后才发现那束头绳。她飞快地伸手一指。

我说："你瞧你的脚，都冻坏了！你瞧你瞧，流血呢！"
我说这话是真的疼她，我刚发现她一双脚已烂得大红大紫。

她却怒气冲冲地瞪着我，两只脚相互藏，但谁也藏不住谁。
她的窘样十分可爱。我不知她是否末梢神经麻木，这么一塌
糊涂的烂脚，她竟不知疼，照样到处跑。

"阿尕，买双靴子怎么样，城里刚运来的毡靴，你穿穿看
有多漂亮！"我把靴子放到她眼前。

"我没钱买。"她看一眼靴子后说。

"怎么会没钱呢？冬天谁没几个钱？"她没父母，和那个
叫秃姑娘的老太婆住在一起。老太婆待她不错，只是爱偷她钱，
她无论把钱藏在哪里，老太婆都能找到，偷干净，去放高利贷。
阿尕究竟为什么跟她在一起过，这是个谜。就像草地上的白
翅鸟为什么和"阿坏"（注："阿坏"即草地上一种老鼠，形
象类似松鼠，尾巴却像兔子。）生活在一起，谁也猜不透。草
地上谜多了，就没人费神去猜。阿坏早晨驮着鸟出洞，鸟去
觅食，阿坏打洞。晚上鸟回来，捎回食物给阿坏吃，然后阿
坏又驮着鸟进洞歇息。谁能说它们过得不合理、不幸福？因此，
我从来没干涉过阿尕与秃姑娘的生活方式。

"我没钱买。"这回她说得更干脆，不留余地。

"可是你看，你老是有钱来买头绳哩！"我笑着说。我那
天心情实在好得异样。

　　她一下红了脸。实际上她那点儿小伎俩我清楚极了。斗心眼儿，她哪斗得过我。我只想让她自己讲，讲讲她到底对我怎么回事。

　　她说了，她什么也不能买，钱要一点点地花。她说，我的钱反正不能一次都花了。

　　她充满委屈地嘟囔着，猛一抬头，我发现原来她是个很美的女孩儿。她说，等我没钱，你就会吼，走吧走吧，不买东西别到这里来。她的眼睛还是可取的，黑得很深，看你久了，像要把你吸进去。我稀里糊涂就拉住了她的手。她还在嘟嘟囔囔地讲、讲，什么也讲不清。让我来替你讲吧，你喜欢我，一天到晚想跟我缠，就使了那么个小手段，一个小钱儿，跑许多路，什么也不为，只为看看我，是这意思吧？实际上我早清楚她的意图，可我此时却像恍然大悟般大受感动。我真想把她马上就抱到怀里来。

　　这么看我比较无耻。那其实是整整一冬的寂寞和压抑，使我一刹那热情激荡，想在处女的雪地上践踏出第一行脚印。整整一冬，河封着冻，远处近处都是冷酷单调的白色，我不能再去看河，不能再到草地上去打滚，不能看公羊母羊调情，我差不多成了只冬眠的熊。所以此时，我才强烈地体味到春天！

　　我拉着阿咎到供销社后面我那个狗窝似的寝室。我说，我请你做客。她高兴地咯咯笑，连她露出那么一大截粉红色牙床，我都没太在乎。对不起，我那会儿心情真是太好了。我的屋子是里外跨间，外面归两头驮货的牛住。因为没有及时清除它们的排泄物，我屋里也充满暖洋洋的臭味。我已想不起，我当时把她带到寝室，是否心怀叵测。

她往我床上一坐，简直欢天喜地。她长这么大头一次认识床这玩意儿。你们汉人睡这样高，掉下来跌死才好哩。她一会儿躺下一会儿爬起，装着打鼾，又拍拍枕头，摸摸被子，我那个脏得连我自己都腻歪的窝，真让她好欢腾了一阵。

随后她看见我桌上堆的书。那是我苦苦啃了一冬的有关水利的书籍。我已不复停留在空想和探险的阶段，这些枯燥得让我头疼欲裂的书把我初步武装起来，使我有了第一批资本。阿尕一本一本地翻着书，一边摇头晃脑装念经。按突厥文自右向左的行文习惯，她把我的书一律倒书捧。我呢，端着一缸子快结冰的奶茶，请她喝。我顺势在她身边坐下，看着她单纯明朗、蠢里蠢气的侧影。

要说完全是情欲所骗，我不同意，因为她毕竟可爱。有时去爱一个屁也不懂、傻呵呵的女孩儿，你会感到轻松，无须卖弄学问、拿出全部优良品质来引她上钩。她已经上了钩，我的傻阿尕。不管好歹，我和她已有了一年多的感情铺垫。于是，我把胳膊伸过去，搂住她的腰。她回头看我一眼，神情顿时严肃了。

我的另一只手更恶劣，顺着她空荡荡的外衣领口摸下去。

她越来越严肃，我的手只得进进退退，迟疑得很。

"阿歹……"我是想让她协助一下，自己把外衣脱下来，免得事后我感到犯了罪。可我不知怎么叫改口了，说："来，你唱支歌吧！"

"我不唱，你笑我。"她浑身发僵，手还在飞快地翻书。她的紧张是一目了然的。她知道今天是逃不过去了。

"你唱，我不笑。"我和她都在故作镇定，话音又做作又虚弱，真可笑。是啊，现在想想真可笑。我怎么会搞出那种甜言蜜语的调调儿？不不，一切都到此为止了，转折就在眼前。

她忽然问："她是谁？"一张小相片从书里掉出来，被她捏住。就是这张小相片，使我猛然恢复了某种意识。她呢，她无邪的内心从此便生出人类一种最卑琐的感情——嫉妒。

杜明丽知道，怎样巧妙地问关于他跟那个女人的事，他都不会吐露半个字。他整整一晚上都在东拉西扯。一会儿说起那地方计数很怪：从十一到十九保存着古老氏族的计数法。一会儿又说起那里的气象：说在山顶上喊不得，一喊就下雨下雹子。他兴致勃勃，好像在那偏僻地方十几年没讲话，活活憋成这种口若悬河的样子。

杜明丽突然问："你不想她？"

他懵懂地说："想哪个？"

"她，你儿子的妈呀。"她又问，"谁？你妻子嘛，你那个会骑马的妻子嘛。"

"我没妻子！"他沉下脸，"我根本没结过婚！"

"可是，你有儿子。"

"那又怎样？"他说，"谁敢妨碍我养儿子？"

她不作声了，还是默默地替他整理这儿，收拾那儿，轻手轻脚。

过一会儿，他说："你不是见过她吗？"

"就是她？"一个粗蛮的、难看的女子在她脑子里倏然一亲，"就是她！"

"很简单，后来你嫁了个军人，我就跟她一块过了。你别信我的。那地方没什么痴情女人爱过我，我是胡扯八道，没那回事。"他咬牙切齿地说，"我也没有儿子。狗屁，我天生是绝户，什么儿子，我是骗你的。"

这种颠三倒四、出尔反尔的话使杜明丽感到她正和一个怪物待在一起。"何夏，你愿意我再来看你吗？"她忽然问。

"你愿来就来吧。"

"我不会再来了，你放心，今晚是最后一次。"她说。

"那也行，随你。我这人很可恶，你少沾为妙吧。那么，让我亲你一下，就彻底完蛋，好吗？"

她走近他，低着头。他正要凑上来时，她却说："有时想想，谁又称心过几天呢？"然后她把他推开了。她知道他没有热情，倒是一种报复。

杜明丽临走时说："你爹临死前……"

"别提我爹。"

"别提我爹，别提。"他现在躺在那里？一截鼻脊，两个眼洞，整副牙齿？他还能安然地躺多久？不等他的骨骼发生化学变化，不等有人如获至宝地发掘一堆化石，就会被统统铲平削尽。每段历史，将销毁怎样一堆糟粕啊！

那些未及销毁的，便留下来，留给我爹这类人，好让他们不白活着。我们全家都中了他的奸计。我和妈，我的三个好妹妹。我是在一夜间弄清了他的图谋：他把全家从城里迁到这个穷僻乡村的真实意图。装得真像啊，我们全家要当新农民。那是一九五八年，干这事的骗子手或傻瓜蛋不止我爹和我们一家。那时我戴着沉重的大红纸花，和全家一起，呆头呆脑地让记者拍照。其实这个城市已把我们全家连根拔了。

我那时啥样儿？个头已和现在差不多，体重却只有现在的一半。就那鬼样子，已肩负起全家生活的担子。爹呢？干什么？他放着现成的大学考古讲师不做，跑到这里来吃我的、喝我的，后来拉不下脸吃喝了，才到民办小学找个空缺。他干得很坏，三天两头找人代课，自己却神出鬼没到处窜。谁能说他游手好闲？他很忙，忙得不正常了。我的印象里，他总是风尘仆仆，眼珠神经质地鼓着。他跑遍方圆百里，把成堆的破陶罐烂铜铁弄回来，拿放大镜看个没够，完全像个疯子。

有天他兴奋地对我们说：战国某个诸侯的墓就在这一带。过几天，他灰溜溜地又说：那墓早被人盗过了。其实这样也罢，那样也罢，我们才不管呢。他说墓应该保护起来，那就保护吧。他给省里文物单位写了许多信全没下落，然后他决定进城跑一趟。回来痛苦不堪地对我们说：没人管。那是全国的饥馑年代，人们主要管自己肚子。我们都松了口气：这下妥了，你老老实实歇着吧。没想到事情会恶化。

他半夜爬起来，跑进老坟地。那坟地老得不能再老，千百年鬼魂云集，并不缺少我爹这个活鬼。他在那被盗过的墓道里用手电东照西照，完全不是白天教书那副没精打采的样儿。我毛骨悚然地跟了他一夜，这才明白他为什么爱上这块贫瘠得可怕的土地。

在我动身进城到发电厂当学徒之前，我向全家揭露了他的勾当。我说，看看他那双手吧，十个指甲全风化剥蚀了。这一点，就能证明我没撒谎。

即便他活着，又怎样？他胆敢对我的个人生活发言吗？我从窗口看见明丽穿过马路，一个素淡姣好的影子。我倒要看看，岁月怎样在这个美妙的容颜上步步紧逼，以致最后收回它曾赋予她的美丽。我等着这一天，她老得难看了，虚肿的脸，再也无法像现在这样居高临下地来怜悯我这条糙汉子。到那时，她跟阿尕并排搁着，她不会再占着绝对优势了。走着瞧，你，使劲儿挺着你的胸脯吧，过不了多久，你就会发现它们空瘪了。那时，我再提起我跟阿尕的事，你就没资格再做这副要呕的表情了。

　　她知道自己现在不比从前了，从前是没一点儿看头。不知从哪天起，她身上有了种酵素，不然，到这个夏天，她怎么会被自己的样子吓一跳呢？她脱下厚袍子，看见两只乳房倔犟地向前挺着，小腹不再凹陷于两胯间的深谷，而是刚从海底世界诞生，新鲜而年轻，圆溜溜鼓着，在与胸部相接的地方，显出两道浅浅的皱褶。大约她的身体被男孩子们偷看过，他们开始对她着迷。托雷和尼巴它两个坏透的东西，竟半蹲着撅着屁股跟她跑："阿尕小阿妈，"他们喊，"小阿妈小阿妈，喂我们喝点儿奶呀！"她把托雷揪住，一左一右总打了有十几个耳光，尼巴它溜了。

四

　　入春开始就有了一个接一个的节日，无非是跑马和跳舞。夜里，点一堆火，男男女女围成圈。秃姑娘戴起面具，在人群里横穿竖穿。她年轻时浪荡得有名，能在一个木酒桶上跳着转圈圈。她的舞不是随便跳跳的，每跳一次，阿尕就会发现家里多几样贵重东西。有时是一只手镯或一串珊瑚珠，有时是一两个镶银小碗或精致腰刀。她边跳边偷，谁都了解她这非凡的本领，却没人防得住她。她不光利用这舞蹈行窃，还能干别的。哪个女人若得罪过她，她跳着跳着便猝不及防一伸手，那脸蛋就会被抓花。往往是一场舞跳下来，她报了仇又发了财。没人敢惹她，因为她是个"底罗克"（注：即死而复生的人）。据她自己说她几经轮回转世，清清楚楚记得上几辈子的经历。她会讲多种语言正是她活过几世的证明。

老太婆跳了一圈，找到阿朵，对她悄声说："去找托雷，不要尼巴它，托雷是个真正的棒男人。"不等阿朵明白她的意思，她又怪模怪样地跳远了。

为了那张照片，阿朵和我闹翻了脸。之后这一年，我们保持着若即若离的关系。只是逢当地大年节，她必客客气气请我到她家吃顿奶豆腐之类。有时我也拿拿架子，表示城里人不是什么东西都吃得惯的。见我这样，她很识相很体谅地笑笑，就走了，把我留在那间冷清的黑屋里，反省文明人的虚伪。在那地方待了几年，还讲得清你吃惯什么吃不惯什么吗？我惧怕她将我拖进她的生活环境，但我明白，若不那样，我会活不下来。这地方一草一木无不在生存大背景认可下得到苟活。

只有一次我爽快地跑到她那儿去了。大概实在捺不住寂寞或提不起虚劲独自糊口。她家的冬屋和别家没什么区别，好像更小更黑。我很爱听秃姑娘谈天说地、胡扯八道。老婆子总是用骨制的大针，缝补夏日的帐篷，一边说些怪诞不经的事。从她那里我了解到"底罗克"一词来自藏语，而她常挂在嘴边的"阿寅勒"（注：阿寅勒意为"游牧聚落"）却来自蒙语。她爱把几种语言混着讲，你听得越糊涂，她越得意。最让我吃惊的是，她偶尔会哼出几句阿宫腔（注：阿宫腔是皮影戏一个剧种，流行于陕西永泉、富平一带），并且是很旧的腔调，完全用闭口的鼻音和喉音唱。这让我想起人们对她的传说：有次她哭闹抱怨，说千里之外有人想害她，整得她夜夜冰冷犹如泡在水里。终于，她说服一个人为她跑到内地，果然那地方在开渠，水冲了一座老坟，坟里是个死在多年前的女人。难道我信？我自然不如这里的人天真。但从此，我对鬼老婆子的经历，再不敢等闲看了。她说着说着便在我手心里画一个莫名其妙的图案，我奇怪她什么时候把我的手抓了去。趁阿矛背身取酥油炸馃时，老太婆对我飞了一下秃光的眉毛说，阿矛这女子也不凡，死过一次又复活的。我嘿嘿打诨的同时，意识到她并非无端在我手掌上画，她反复画的，是古老笨教中象征永恒的"卐"字。

我蓦然缩回手。

夏天，我在河边见到阿矛。我还干我的老一套，在供销社干完活就到河边来，调查河的性能。我添置了一些仪器，但工作进度慢得惊人。一方面我全凭瞎摸，另一方面这条河有三分之一时间是冰封雪冻。

自那次去她家吃酥油炸果，我有半年没见阿尕了。她穿了件绛红的单袍，也许本来无袖，也许袖子朽烂被截成这式样。反正她是露着两条粗黑圆润的胳膊。她又丰满了许多，脸蛋又大又红，眉梢眼角有了点风骚劲儿。我拎着仪器走过，她坐在草地上，看两个男人打架。一边看，一边梳理着湿淋淋的头发。她光着脚，两只脚丫子拍来拍去。我别过脸去，怕她这副放肆的样子惹我生厌。

阿尕看见我，立刻向我跑过来。领口也跳散了，露出一块光洁的胸脯。

我不搭理她，一心一意看着我的流速仪。我想，她哪怕能稍微把那副野蛮样改改多好。我明白我实际上也在嫉妒。她光着的腿、光着的臂膀我只想一个人看，独吞，别的男人不行。

她站在我背后编辫子。搞出各种响动想让我注意她，我就是不理会。过一会儿，我沿着河向前走，她就一声不响地跟着。走很远，她一直跟着。我心硬得像块儿生铁。

"喂，喂。"她小声叫我。

我回过头，见她把从我这儿买走的一大把各色头绳全缠进辫子里，收拾得光彩照人。她瞪着我，这样侧一下头，那样侧一下头，好像我是她的梳妆镜。大概她得意透了，突然像白痴那样笑起来。

真该上去给她一顿拳打脚踢，拧她胳膊上肥肥的肉。让你浪！可我没这样干，这是她将来丈夫的差事。

我感到痛心。我在辛辛苦苦为她造个太阳，她却赖在一片荒蛮的黑暗中死不出来。

托雷和尼巴它为阿尕打了一架，然后两人鼻青脸肿地并肩来到阿尕家帐篷里。他们一声不吭，就地一坐，老太婆明白了。阿尕从容在他俩中间来回走，腰晃一晃，他俩眼神就乱一乱。秃姑娘心花怒放地闭上眼：阿尕啊，两个算什么，我年轻时看着五个男人在我跟前打架。

"我呢，就在一边烧茶。等茶滚开了，我把我的戒指扔进去。对他们五个说：谁把这个戒指给我捞出来，我就跟了戒指去。"说到这里，秃姑娘睁开灰蒙蒙的老眼，看看托雷，又看看尼巴它。阿尕抱着光溜溜的胳膊，一边傻笑，一边煮茶。

托雷慢慢站起来，尼巴它一看，也连忙站起来。托雷鹰一样的面孔，朝阿尕俯冲下来。她"呀"的一声，耳环已被他夺去。然后，他往茶锅里当啷一扔。茶咕咕响，在锅中间翻成一朵花。托雷挽起袖子，尼巴它迟疑一会儿，也学他的样。老太婆眼瞪成两只黑洞，抱着膝盖，像坐在跷跷板上那样一前一后地晃。阿尕的脸蛋被白色热气蒸腾着，又圆又大，灿若一轮旭日。

两人看着滚得越来越热闹的茶提了几回气。

阿尕说:"你俩快呀,我的耳环要煮化啦!"

托雷说:"当真我捞起它,你就跟我走?"

尼巴它说:"两个人一起捞到呢?"

阿尕说:"那你们两个都要了我。"

秃姑娘这时说:"涂些酥油,涂过油好些。"两人便厚厚地往胳膊上抹了层油。正要下手,阿尕一伸脚,把茶锅蹬翻了,咯咯笑着,跑出了帐篷。

有天半夜,阿尕惊醒,发现两个男人钻进了帐篷。狗被捂住了嘴,在门外尖声尖声地叫。阿尕大声唤秃姑娘:"阿妈!阿妈!"

老婆子一点儿动静也没有。她便对那两个男人求饶:"我不会!我还没做过……"可他们仍使劲把她往门口拖。"救救我,阿妈呀!"

秃姑娘睡觉一向很精,跑只老鼠进来,她也会醒。阿尕知道坏事了,她在装睡,说不定还在偷偷笑哩。她被拖出门帘,一路不知碰翻多少盆盆罐罐。

我知道进来的是她。因为我知道那晚跳舞场上她招摇过市后必定会来找我。她光着胳膊,头上缠着五颜六色的头绳在火堆上东跑西跑,自认为漂亮死了。老人们停止了唱他们的"史诗",一齐拿眼盯她。当然,我根本不在乎她惹人注目,她又不是我的。我就这样一遍遍让自己想开些:她幸亏不是你的。她疯到我面前，我对着她得意忘形的脸轻轻叫了声："老天爷。"她乖巧地掩上我的房门。

我在供销社门口挂上牌子，上面写着：政治学习。这里的人很老实，看见牌子立刻就走。内地正闹的"文化大革命"他们不懂，但这牌子他们认为非同小可。因此我有时很恶劣地把牌子一挂四五天。我知道她已走到我背后。够了，阿尕，前些天你那副样子让我到现在还恶心。

过一会儿，她便用两只胳膊从后面搂住我，胸脯挤在我背上，一股成熟的热气腐蚀着我的意志。不能没出息，我心里喝斥自己。她圆而光滑的胳膊蛇一样把我越缠越紧。我一动不动，一声不吭，这是我最厉害的一招。她对我这样沉默的轻蔑一向怕极了。果然，她渐渐松开一些。

我有意要伤伤她，打开那本书，把小相片拿出来，凑到鼻子下面看。她的手松了，全松了。一会儿，她五脏六腑不知怎么发出一声沉闷的怪叫，噔噔噔，她跑了。我对她的折磨完全达到了预期效果。于是我在她跑后关上门，心满意足地在门上踹了两脚。

阿尕想死。她睁眼看太阳，突然发现太阳是黑的。她想把一切都杀掉。这群羊，那群牛，她自己，还有何夏——统统杀掉。她躺在那里，一把把揪草、揪自己头发。

在昨夜，她把尼巴它骗走，剩了托雷一个。她一边顺从地脱衣服，一边后退，猛地抄起一把大草杈。最后托雷斗累了，只好跑了。她抱着权在帐篷里坐了一夜。天一亮她就急忙赶了几十里，来到供销社，想把昨夜的凶险告诉他。对他说，女人只有一件宝，你不趁早拿走，我可守它不住了。

到了中午，我的残忍撑不住了。有种不安使我跨进阿孕家帐篷。秃姑娘兴高采烈地把昨夜发生的事告诉我。说阿孕怎样拿命跟他们拼，像头小母狼那样呜呜尖叫。我脱口："他们干成了？"

秃姑娘遗憾地翻白眼。我忽然感到一阵愚蠢的幸福。她怪模怪样笑着说："你要快呀！"

"快什么？"我绝不是装傻。

她突然用那双一根眼睫毛也没有的眼睛朝我使劲儿弄个眼风，我又怕又恶心地跑了。她却在我背后发出鸟叫一样嘎嘎的笑声。

太阳将落，我才把阿孕找到。此刻我心里踏实极了，她的忠贞博得了我的欢心。她侧卧在很深的草丛里，睡着了。我坐下，心里被一种无耻的快乐塞得满满的。我差不多要去吻她了，可她倏地睁开眼，我这张得意忘形的脸与她贴得极近，因此在她视觉里很可能是畸形的。她呆滞地看了我一会儿，显得没有热情。而我这时却顾不上那许多，柔情大发，想把她轻轻抱在怀里，像文明人儿那样，讲点儿我爱你之类的馊话。我却扑了个空，她顺着漫坡咕噜噜地迅速滚下去，立刻跟我拉开很大距离。

　　我死皮赖脸地追上去。这时几个男人赶了一大群马奔过来。天边是稀烂的晚霞，血色的夕照。畜群和人形成一团黑红色的雾。马鬃和人的头发飞张着，像在燃烧。阿孞突然回头看我一眼，冲他们喊："哦——嘞！"

　　他们立刻响应，回了声尖利轻俏的口哨。

　　阿孞咯咯笑，对他们大声唱起歌来。

　　我跟我的羊群走了，因为你家门前没有草了；

　　我跟我的黄狗走了，只怪你的锅里没有肉了。

　　她一边唱，一边回头看我。牧马的男人们听得快活疯了，哦哦地尖叫，待马群从她面前经过时，一个家伙装着从马背上跌下来，刚沾地又跳上去，反复做这种惊险表演，讨她的好。我呢，在远处木头木脑地站着，看得目瞪口呆，对这种献殷勤方式，我是望尘莫及。

　　但我全懂，那歌是唱给我听的。她这样，无非是对我小小报复一下。等马群远去，草地静下来，我就向她跑过去，迈着狗撒欢儿似的轻松愉快的步子。我把手搭在她肩上，她敏感得全身一阵战栗。这一会儿真妙哇！我想，事情该进一步了。我开始在她滚圆的肩膀上轻轻摸、揉。看得出，她很惬意。"小丫头，"我说，"阿孞！"

　　她转过脸，一副犟头倔脑的劲儿，但眼睛却像刚分娩的母羊，又温和又衰弱。这就对了，我喜欢你这样。可突然，她抓起我的手，塞到嘴边，猛一口咬上去，疼得我连叫都叫不出声来。她甩下我的手，飞快向远处跑。我看着手背上两排死白的齿痕，心里居然他妈的挺得劲儿。

阿尕用自己家的奶牦牛，跟人换了匹矮脚老阉马。这匹马骑在草地上走很丢脸，用棘藜抽它，它都不会疯跑，没一点儿火性。尤其当何夏和她两个人都坐上去，马脊梁给压弯，肚皮快要扫到草尖上了。但何夏很高兴，头一天就喂它两斤炒豌豆，害得一路上尽听它放屁。

有这匹马，何夏工作起来方便许多。它虽不经骑，但总强过两条腿的人。阿尕问："造一个太阳要多少年？"何夏说："你不懂，这不是件容易的事。"她又说："会不会等到我死，也见不上它？"何夏说："你死不了，死了又会复活。"她说："那倒是真的。"何夏"哈哈哈"地说："谁信？"

河岸上钉了根木桩，何夏把牛皮舟牢牢系上去。然后，她在岸上莫名其妙地看。无聊时，她就跑来跑去拾些牛粪，一边唱唱歌。到了天黑，她得负责将他和船拉回来，点上火，烧茶或煮些肉。像她这样用刀把肉薄薄削下来，搓上盐巴，就吃，何夏可不行。不过后来他也行了。

他对她说："我看就那一段河最理想。"他指的是最可怕的那段河。据说，即使冬天河上封着厚冰，有人从那里走，也听得见冰下面的笑声。"修电站，那里条件最好。"

"不啊！"她说，"何罗，会死的！"她改叫他何罗，因
为草原上的母亲往往这样叫孩子。比如尼巴它，就叫尼罗；
阿勒托雷，就叫阿罗。这是一种昵称。

"你不懂。"他说。"是吧，你哪能懂这个呢？"他用手指
弹弹她的前额。

她咯咯笑，头摆一摆，每当说到她不懂的东西，她就这样，
像小狗儿撒娇。他们坐下来，两个人就着火上的热茶抓碗里
饭食吃。吃饱后，她就逼他讲点儿内地的事，比如内地姑娘
的牙有多白，脸上有多香。她心里向往得很，鼻子却"哼哼"的，
表示不屑。

"何罗，我多大？"她闷了一会儿忽然问。

"你？十九岁了吧？"

"你多大？"

"我二十九，快三十了。"他瞪她一眼，"你少发痴。"

"啊呀呀，我一百岁啦！"她大声说，"你三百岁啦！
一百岁啦！一百岁的老婆婆，三百岁的老爷爷，啊呀呀！"
她往后一仰，叉手叉脚地躺着。她恨得想拧他肉，到这时候了，
他居然还不懂。

我知道阿尕在提醒我什么。我全身官能正常，怎么会不
懂？有时她像孩子一样在我身边厮磨。我坐在那里，她会一
刻不停地在我身上爬上爬下，把我头发一撮撮揪起来，编许
多小辫子，扎上乱七八糟的头绳，然后抱着我晃啊晃，说我

是她的孩子。有时她抓住我的手，用舌头在我手心上嗦，问我痒不痒。这种时候我是不动邪念的，全当她是个小淘气，随她闹去。而那晚上，她仰面躺了很久，一声不吭，只听见喘息，我就要崩溃了，非发生什么不可了。我猛地趴到地下，像大蜥蜴那样全身贴地，嘴啃着草，手指狠狠抠进泥里。强烈的压抑使我浑身哆嗦、牙关紧咬。我不能，假如我动一动，就毁掉了文明对我的最后一点儿造就。

她躺了许久，忽然说："你会走的。"

"胡扯，我走哪儿去？电站修不好，我就死在这儿！"

她爬起来："你就是想走！"她跺跺脚，发起蛮来。

我说："我懒得理你。"

她把身子挪过来，咯咯笑着说："你现在就走吧，我要嫁人。"

"嫁吧！"我说。

"我先嫁尼罗，后嫁阿罗，生一大窝娃娃。"她涎着脸，还在那里笑。咯咯咯，咯咯咯，听得我头皮发怵。

我也爬起来，装出一副笑脸，恐怕笑得很狰狞。我说："我要走啦。到省城，跟那个雪白雪白的女人结婚！我跟她逛马路逛公园，嘻嘻！"

我还想说，但她抢着在我面前："我就是喜欢会骑马的男人，我要他搂着我骑马，跑远远的。"

"我还嫌马臊臭哩，你去吧去吧。我跟我的白皮子美人儿手拉手，她才温顺呢？"我越笑越狂——痛快呀！

她爆发出一阵歇斯底里的大笑，企图压住我："好呀，你走呀！我跟托雷最合得来！"

"我当然走，我的姑娘还等着我呢！"

我们都笑得面孔痉挛、血管膨胀。突然，她一抡胳膊，不动声色地给了我一个大耳刮子。这下就安静了。我一下冲上去，揪她的头发。接下去是一场无声无息的恶斗。她的力气并不亚于我，几次占了上风。这样打，直打到由刚才的笑积攒下的心火全发出来，才算完。

看看我们现在的样子吧：她躺着，我坐着，都是气息奄奄。好了，我们向来是稀里糊涂地和解的。

"何罗，你才不走呢！"她对着星空说。

我老远伸过膀子，拉拉她的手。她马上就顺势爬过来，靠在我身上。"你走也走不脱，我看你往哪儿走。"

"走不脱？试试吧！"

"走不脱。我是女妖你不晓得？你去问问阿妈，我的底细她晓得。"她妩媚妖冶的神色使我恶狠狠地吻她，她却在我吻她时轻轻叼住我的嘴唇。一切都宁静美好了，一般在我们打得一点劲儿也没有的情况下，才可能有这种安恬意境。"等修好水电站……"她说。

"到那时候，你干什么？"我问。

"我？我还放羊啊！"她感到很自惭。

　　她真实的自卑使我伤心。我看着她显示智能不佳的低窄前额，安慰道："你不笨，学点文化……"

　　她当真了，马上说："你教我学问，我给你背水、割草、放牛放羊。你搬到我屋子里来，我们住一块儿！"

　　她自以为那样的前景对于我就够美妙了。她多傻，满心以为我也在期待那种日子。假如真像她讲的那种前途，我这辈子就去个球了。何况，我压根儿没打算跟这个野姑娘成家。

　　接着发生了一件意外的事，跟我久疏消息的明丽，忽然来信了。她说这些年她没变心，仍等着我。我立刻回了信，感激涕零。后来我才知道，她没说实话。我走后，她便接受了另一个男人的求爱，不巧这人武斗丢了命，她才想起天荒地远的我来。她的第二封信就恢复了未婚妻地位，说她正在活动把我调回城里，一个军代表已松了口。最让我吃惊的是，她说她要来看我，如果可能，就在我这里结婚。反正，她将随身把缎子被面带来。她完全自作主张，根本不须征求我的意见。本来嘛，她施舍，她赏赐，你还不只有磕头捣蒜的份儿。

　　我要交好运了。总算能离开这鬼地方了。什么水电站、阿尕，一下子被我甩开八丈。我受够了。就看看我门口这硕大的一摊摊牛屎吧，打那儿一过，"嗡"地飞起一蓬肥大的蝇子，因此每摊粪都显得无比繁华吵闹，我受够了。

　　修水电站？给这里造一片光明？我这庸人凭什么把自己搞那么伟大？真可笑，真荒唐。这时，我才发现自己待在这地方，并没有死心塌地，甚至可以说，早就伺机从这里逃掉，现在机会来了。

我回信叫明丽不必来。我生活得如此狼狈，我的狗窝让她一衬，将更加惨不忍睹、臭不可闻。我让她在百里以外的县城等我。

但她还是来了。

五

阿尕一眼就看见白晃晃的面孔。她的感觉先于眼睛，认出了这个汉族女人是谁。她不如相片上好看，也不如她想象的那样高挑。一个挺平常的女人，对不对？

阿尕鼓励自己一番，跳下马。让我仔细看看，你这细皮嫩肉、又白又光的小娘儿们。阿尕干脆走到她对面，盯着她，似笑非笑，露出不怀好意的样儿。她想吓吓她。

她略侧身，戒备地看看阿尕。"有个叫何夏的人，是在这里吗？"

"呀。"

"他怎么不在……"

"呀。"

"请问，他到什么地方去了？"

"呀。"阿尕存心装着听不懂。她心里在酝酿着一个极不善良的计划：不让她见到他。不然阿尕怎么办？她一来，阿尕就成了熬过茶的茶渣子，该泼出去了。他有了她，想想会怎样吧，行了，阿尕，你走，别再来啦。想到何罗将跟她搂成一团，睡在这床上，阿尕差点儿拔出她的小腰刀来。

她问："就这儿吗？他就住这儿？……"

才好哩，她都快吓哭了。两头犛牛见来了生人，一个劲儿鬼叫，并探头缩脑。有头牛是张大白脸，像跳舞的人戴的鬼脸谱。她孤立无援地站在屋子中央，疑疑惑惑地东张西望。四壁被烟熏得漆黑如墨，她站在那里，像天棚漏了，泻进来一束白光。

"何夏，他过一会儿能回来吗？"

"呀。"阿尕一边看着她，一边往后退，退到门口，撒腿就跑。

我那时假如见到她，一切就都像她预先安排的那样，找个地方，登上记，结婚。不会的，明丽。你看见我的处境，就是你的感情走到了绝路，你绝不会再向前迈了。在那之前，你根本不会想到世上竟有那么糟的地方。她看见那间漆黑烂炭、臭烘烘的屋子就全明白了：那一趟跑得太冤，千里迢迢，等着她的是个黑窟窿、无底深渊。要在这一团瘟臭和黑暗中跟我从长计议吗？别逗了。你一脚踏进来的同时，已懊悔不迭。所以你走是必然，不是误会，尽管阿尕这小妖精从中搞了不少花招。

知道这小妖精怎么干的吗？她跑到河边，悄悄在马腿上不知搞了什么鬼，马便瘸了。然后，她又花言巧语劝我，说何必跑那么多路回去呢。她死死拖着我。瞧，我给你拿了条毡子，不会冷的，夏天睡在这里，美透了。我确实在草地上睡得很美，第二天，不用她再多话我就决定整个夏天睡在这里。我唯一感到蹊跷的是，阿尕再不来跟我亲昵或捣蛋，总是隔开一段距离，很陌生、很严峻地看我，眼光发直，心事重重。我正巴不得跟她重新调整一下关系。自从收到明丽的信，我从此对阿尕收了心。我得活得像个人样。虽然我越来越像个野蛮人，但还不怎么缺德。说真的，那时我感到特别庆幸，因为我跟阿尕还没过最后的界限，还没乱套。

"何罗，快回去！"有一天，她对我这样说。

"你发什么疯？！"我见远天刚有道细细的金边。

"你快回去，快呀！"她干脆将两手插入我腋下，把我拉起来。

我气坏了，用粗话骂她。她不理我，披头散发蹲在那里，一会儿，便从马蹄上取出一小截血淋淋的铁楔子。我明白这里面的名堂不一般了。"到底什么事？"

她还是不讲话。我不耐烦了，踢了她两脚，她却没像往常那样以牙还牙。

"快上马！快回去！"她拼死拼活拖我。

"房烧啦？天塌啦？"我被拖得发了脾气。"你不告诉我出了什么事，我就杀了你！"

她马上嚷："杀吧杀吧！"还真把她的小腰刀拔出鞘，扔到我手里，"杀了好！反正你以后不要我了！"她眼睛向上翻起，光剩了白眼仁，真可怕。我把她的刀往草地上一扔。

见我执意不走，她猛地跳上马。直到马驮着她扭来扭去跑成一个小黑点儿，我才感到大事不妙。我步行回去，在屋里发现了明丽。她虽走了，可各处都留着她的痕迹。屋子不再是个牲口圈，全经她手变了个样。床单被子散发出一股肥皂和太阳的爽人气味。枕边，有她遗忘的一小盒万金油。桌角上她留了张纸条，把干巴巴的最后一点儿感情硬挤在上面，无非要我明白，她来过了，等过了，仁至义尽了。我捏着纸条就像握住了什么凭据一样冲出门，但我没去追她，要追说不定追得上。可我只是仰头看着晴得赤裸裸的天，想，我真他娘的倒霉。

时隔多年，杜明丽见到我最要紧的话题，就是谈当时如何不巧，如何阳差阴错和我错过一场如意婚姻。实际上不是那么回事。我明白，不是。

明丽一再声明当年她没错。她说错在我，我没去追她。一个人总相信自己没错，也是一种解脱。她终于跟我谈起阿尕。

杜明丽当时坐一辆牛车，从那地方到乡里还有几十公里。

长途汽车只通到乡。她听见后面有马蹄声，回过头，见那个
黑姑娘风一般刮过来，一面对她喊："他回来啦！你别走！"

等她靠近，她说："我听不懂你的话！……"

"何罗，何夏回来啦！"说着她勒转马，"你跟我回去！"

"你说什么呀？"杜明丽想，她当时可真能装，硬是装得
一点儿听不懂她的话。她的汉语虽然讲得差劲儿，可这几句
话她明明是听懂了。她见她十分麻利地跳下马，跟着牛车跑
了几步，又说："你真的要走呀？他回来啦！"

她仍摇头，表示听不懂。但她不敢正视这个一身蛮力的
女子。她牵着马，始终跟着牛车小跑。乌黑的赤脚，肮脏的头发。

她说："……何夏是顶好顶好的人哪！你别走吧！他想你
啊、爱你啊，我晓得呀。你就这样狠心呀？"

杜明丽想不起当时是怎么了，决心那样大。她的苦苦哀
求不仅不使她动心，反倒让她心烦。怎么说呢，是麻木？对，
麻木。她叽里咕噜在那里哀求，她渐渐泰然，真的像听觉失
灵了，只感到那是一串没意义的噪声。当时还有一点使她怨
恨的是：他回来了，为什么他不来追我，要你起什么劲儿！

她最后怎样说的？她说：求求你！

我说……噢，我也许什么也没说。跟她，我有什么可说的？
可我没想到她会流泪，更没想到她会扑通一声跪下。她说："求
求你！"就那样挺吓人地跪下了。

她只好叫牛停下。她下车，站到她面前。别这样，这

不是逼我吗？她说。不过她当时很可能什么也没说。她恐怕只是平静而冷酷地站了一会儿，面对这个跪下的异族女子，然后——

她就再也没回头。

随她在那里跪着好了。牛车颠颠地辗起一大团尘雾，雾很快会隔断她们。可是，过了相当安静的几分钟，她在雾那边哇哇地唱起来。那歌非常泼辣刺耳，虽听不懂词，但猥亵的意味很明显。车老板一听便不怀好意地笑。后来他眉飞色舞地给她翻译了那段淫荡的歌词。她唱那种歌无非是想激怒她或辱没她，还有一层更深的意思，就是暗示她从此夺得了对于何夏的占有权。

明丽走了，我呢，我呢？

我和我孤零零的躯壳，在草地上四面八方胡逛。天很黑了，我不知我在哪里。远处隐约有狼在娓娓地唱，在勾引我。我怕吗？来呀，狼，我爱你。

我躺下来，突然流下一股迅猛的泪。

谁知道我一刹那想起了什么。受不了啦，一个大男人跑这儿对狼哭诉来啦。我被我可爱的未婚妻一脚蹬了，糟心的事不止这一桩。

先想哪一桩呢？想想我妈，我三个妹妹，尤其二妹，她漂亮却不得宠。千万别想我爹。我的天，可我偏偏谁也想不起，一来就想起他那干巴巴的脸。那时我怎么没看出来呢？妈妈和妹妹们的死，一场大祸，就藏在这张脸里面。他和全家看起来相处还好，其实整个命运是在暗中冲撞着。

我在想着洪水。它怎样撞塌了我家第一堵墙，我弄不清。我回去的时候，什么也不屑问了。妈妈怎么会在那个节骨眼儿上倒下？据说是被砸倒的。三个妹妹弄不动妈，一齐喊：爸，爸。洪水已经灌进来了。"四清"工作队一来，就发现爹的行动不对劲。他们找爹谈了几次话，村里就开始传，说爹是个狗特务。爹感到他的宝贝放在家里已不安全，便把它们全转移到那个古墓道里。他认认真真地还给每样破烂都编了号码，用红漆写上去。他听说洪水要来，先是往那儿奔。等他背着一只装满无价宝的麻袋跑回来时，已是沧海桑田。

我从城里赶回来，干了唯一一件了不起的事，是这样的——

晚上，我浑身冰凉阴湿地坐在山顶上，他也像个水鬼。我们徒劳地打捞了一整天。我见他仍守着他的宝贝口袋。我对自己说：开始吧。

我上去夺下他的口袋。

他说，碎了不少。

我说，好，碎得好。

他瞪着我，脸像水泥铸出来的。我说：打开看看，有没碎的没有。他在口袋里查看一会儿，眼睛马上发出守财奴的贼光，说：万幸，夹砂红褐陶罐还在。我说，是吗？叫我看看。

好月亮。我拿过它。爹说，小心，它价值连城。我说我知道。他说，你知道什么？它的研究价值多大你知道？我一刹那看透了它。它那谁也不理解的色彩里布满狰狞的纹样。爹从我眼神里看到了世界末日。他像只瘦猫那样一扑，我躲开了。我让他清清楚楚看着我怎样来处理它：我像"掷铁饼者"那样鼓满肌肉，手臂柔韧地划了一圈。爹看着它落下，悲惨地咆哮着。他老人家从来就没爱过人这种东西。

　　记忆到此结束。因为我突然闻到一股异样气味，一看，狼把我包围了。我想，是我不好，跑到它们的地盘上来了。这时，我忽然听见飘悠悠的歌声。

　　　我有多少根头发，你可数得赢，
　　　（注：数得赢即数得过来。）
　　　我有多少颗牙齿，你可记得清，
　　　你是河对岸那棵大桃树，
　　　远远站着，却偷了我的心。
　　　（注：形容桃子的形状与人心相似。）

　　我简直觉得是狼在对我唱。

　　阿朵知道什么都是命里注定。他来，他走，他靠近她，他远离她。她晓得早晚要分，那就分。该让他走，把自己抛下、忘掉。她知道耍多少花招也绊不住他，那就是命了。应该把他还给他们的人，让他去和他们人中的那个女人结婚。结婚，这事可没她阿尕的份儿。

她说："何罗，你走了以后，别恨我。"

他好像吃了一惊。眼睛找了半天，才找到她的方位。他拍她的脸蛋说："阿尕，你真的要我走，你不要小小的太阳了？"

"你明天就走，何罗。该是天上飞的就飞，该是地上爬的就爬。命啦，何罗。"

"我走了，你怎么办？"

"我？我还放羊啊！"就是不知道，另一个女人能不能像我这样疼爱他，把他当心头上一块肉。你，何罗，别看我。她开始帮他收拾东西。她手很笨，书摆好，又总要坍散开。忙来忙去，屋里反而弄得更乱。"是我不好，何罗，拦住你，没让她见到你。你怎么不拿鞭子狠狠抽我？她走的时候好伤心，何罗，明天你就去追她。"

"好吧，那我明天就走。你送送我？"

"呀！"

"阿尕，要是我不回来了，你就嫁给托雷。"

"呀！"

他想伸手抱她，她却躲开了。酥油灯一闪一闪，她忽然想起两句歌，断断续续唱起来。

　　我是这盏灯，只有一个心；

　　你是那棵桃树，不晓得你有多少颗心。

　　是我决定要走的。狗颠腚似的要去追明丽。我一说走，阿尕似乎毫不意外，一个劲儿说是命呀命。

　　她动作粗重，把我所有东西捆好，装进牛皮口袋。我坐在这儿，不知她在为谁忙。明天，谁要背着这堆行李走？我要对那混账说，走吧，滚蛋，什么再见，去你个球。

　　这天晚上我们过得特别太平，没吵没闹，没你打我我打你。我心里奇怪的平静，并不觉得什么好事在等我。懂我意思吗？我并不向往，未婚妻、久别的都市、绸缎被子下变的戏法。我从向往无比，变得无所谓，淡淡的，简直莫名其妙透顶。我活见鬼。我对忙了半宿的阿尕说，来，坐到我身边来，我要好好抱抱你。她很乖，不乱动，叫她唱她就唱。

　　你到南边去，我到北边去。

　　咱们找到金子。

　　大海边上来相遇。

　　往下的事该明白了。当阿尕替我扛起行李，拉过马时，我决定不走了。我没走。我的阿尕，我跟谁结婚？就你啦。这是怎么了，我也纳闷儿。似乎有种东西在暗中控制我。我朦胧意识到一种巨大的责任，或说使命。这使命似乎从我来到这世上，就压负到我身上，甩也甩不掉。别想摆脱。从我踏上这块草地，就结束了我盲目的人生。我见到河，还有阿尕，便感到使命像幽灵一样渐渐显出原形。是它把我引诱到这里，把河，把阿尕，同时推到我面前。我是跑不了的。阿尕老说命啊命的，我知道就是这种不可知的巨大主宰，它注定我的一生不可能轻轻松松、无所负担，像正常人那样去过。

我留下来了，事情还没完啊。

阿尕手拿着一大把头发，站在何夏面前。好看吧，何罗？她剪去了长发，像汉族女人那样，把头发扎成两个把子。她头发很硬，又像羊毛那样梳不直。他大受惊吓地瞪了半天眼说："我的亲娘！"

阿尕委屈地说："她，她就像这样子呀！"

"她？你怎么跟她比。"

"我不能比啊？！"阿尕一叉腰。"叫她到这里来，住十年，她也跟我一样，成个丑八怪！"她又想干一架了。

我那傻头傻脑的阿尕，你看看她把自己糟蹋成什么鬼样子了。我知道明丽就梳这种短辫，她仿照她，是为了讨我欢心。以为这一来，她跟明丽就很相似了。她剪掉的长发使我痛惜不已，因为它几乎是她唯一的装饰。可她呢，摇头晃脑扭扭屁股，以为这样就一步跨千年，跟我多少有些平起平坐了。

老实说，她那副怪样，险些打消我跟她去乡里登记的念头。

乡里有条街，我给阿尕买了双北京出产的塑料底松紧口布鞋。本来我还想将自己打扮成当地姑爷，阿尕却不干，说要那样我准会变丑。街上有些外地来的贩子，在袖筒里谈交易。他们把对方的手握在又长又宽的袍袖里，讨价还价："这些。"买方的三个指头被握住，若他不满意，"那么，这些。"卖方又退下一个手指，表示让步。由三块钱让到了两块。然后是付钱。这种付钱方式我在供销社里也常见，他们将钱在钱袋上揩了又揩，以免好运气随钱带给了人家。

我们没领成结婚证。那里锁着门，也挂了块儿用不着废话的牌子。阿尕说，命啊。听她又来这套，我火了。我说，球，我要怎样就怎样。我要结婚，我认为时候到了，就结。我要想把阿尕看成美人儿，那她就是。我愿意她迷人可爱，她就迷人。什么东西，只要愿意，你就可以信以为真。阿尕牵着马，我骑在马上。她往前猛跑一截，再停下打个呼哨，马就颠颠地追上去，然后她再跑。她想逗我高兴，或说，下意识地在挑起我某种欲念。

她个头不高，长得挺匀称。露骨点儿说吧，浑身肉都长对了地方，凸凸凹凹毫不含糊，是那种很实惠的女人。在这一带，也许她算个美人儿，谁知道呢，可能她对他们胃口。

我按捺不住了，跳下马。她看见我的眼神，知道不好啦。她往后退，眼睛又幸福又紧张地看着我。不知怎么，她脚下一滑，仰面朝天跌下去。我只晓得她从不跌跤。八月的正午很静。她说，马，马。她不愿意马看见。

我抱住她的时候，突然又改变了主意。她躺在那里，急切地看着垂头丧气的我。我用很低很重的声音说：去，你好歹去洗洗。

她慢慢坐起来，又站起来。走了。

整整一夏天，她躲起来不见他，赶着牛羊到很远的地方去放牧。她知道他们永远合不到一起。他把她拉近，再把她推开。一次又一次这样干。他们之间隔着什么，她一眼望不穿。但她晓得，她的爱情是跪着的。任他折磨、驱使、奴役、用鞭子抽。他没有一刻不在嫌恶她。嫌恶跟爱搅得一团糟，你只想要其中一部分，不行，你都得拿去，甜的苦的你全得咽下。在接受他爱的同时，就得忍着痛，任他用小刀在心上一点点地割、划。怎么办呢，她在这种活受罪的感情里已陷得太深，妄想自拔。她坐在天和草地之间痴痴地想，天下要没这个人多好，这个人要不到这儿来多好。他来了，告诉她有种光明，有种被光明照亮的生活。他离间了她跟草原的亲密关系。使她渐渐叛离了她的血缘亲族。她不能安分了，跟着他，中了邪一样从他们的人中走出来。回头看看吧，她正在切断自己的根。

阿尕突然拾起一块石头，抛出去，击中一只牛的犄角，它长吼一声，向远处跑几步，又停下，满心愤怒却不敢发作，只是不理解地看着女主人。她再用石头去击第二头、第三头。直到她手臂发酸、精疲力尽。

　　我看见阿尕时，她浑身赤裸，站在河滩上。她没发觉我，正低头用一只巨大的棕刷使劲儿刷着全身。那种刷子十分粗硬，是用来刷马的。她刷得仔细、认真，甚至狠毒，不时蘸着河水。我呆住了。不用问，光听那"唰啦唰啦"的响声，也知道皮肉在受怎样的酷刑。她全身像被火灼伤一样通红发紫。

　　我觉得那刷子在我的神经上摩擦。懂这意思吗？就是说，看女人洗澡并不都会唤起美感或导致情欲，此刻我唯一的感受就是残酷。

　　猛然她看见了我。她没想躲的意思，也没想找什么东西遮体。我承认，许多天来，我想她想得苦极了。

　　她坦荡地站在那里，好像不懂得害羞。后来她告诉我，她每天都这样洗刷自己，狠着心，想去掉这层粗糙的皮，变白，变成我希望的那种样子。她躲开我两个月，就在干这桩蠢事。

　　还有什么犹豫的，我一步步走上去，而不是像什么畜生那样一扑。然后，我将那把刷子夺下往河里一扔，转身走掉。我一步一步，一点一点，看清她，头一次认识到黑色所具有的华丽。

　　走了很远，我听见她声嘶力竭地哭，那只刷子早漂没了。

不能回头，绝不，一份古老的、悲壮的贞洁就在我身后。我
嫌弃过它，因此我哪里配享有它。

　　阿朶跟何夏并排躺在毒辣的太阳下，见灰白的云一嘟噜
一嘟噜的，像刚从某个头颅里倾出的大脑。所有的一切都在
蠕动，正酝酿一个巨大的阴谋。他忽地动了一下，她朝他扭
过脸。他说，别看我，阿朶，闭上眼。

　　她闭上眼，看见一个骨瘦如柴、衣衫污秽的女人，背着
孩子，拄着木棍，一步一瘸地在雪地上走。这个残疾的女人
就是她。她看见了自己多年后的形象。这种神秘的先觉，只
有她自己知道。

　　我想会有孩子的。阿朶决不会和我白过一场。她健壮，
一切正常，腹壁柔软，该是孩子最好的温床。我把我的床加
了条木板，这就是我新婚唯一的添置。阿朶说，我怕掉下来。
我说，不会，你躺里面。夜里她轻手轻脚爬起来，绕过我，
到牛屋去抱了些干草。我奇怪地看着她，不知她这是搞什么
鬼。她把草铺在地上，然后躺上去，四肢尽量舒展，痛痛快
快打了几个滚，便睡着了。第二天清早，她又轻轻把草抱回去。
连着几天，我装不知道。但当我发现她又一桩恶劣行径，便
憋不住爆发了。你猜她怎样来瞒哄我？她说她对那双布鞋喜
欢得要命，可她只要一出门，立刻把它脱下来揣在怀里，仍

是光着两只脚去野跑，跑够了，在进门之前，再赶紧把一双踩过泥、水、牛粪马屎的脚往鞋里一塞。这天，她正憋足气往脏极了的脚上套鞋时，我突然吼道：好哇！

我说，你横竖是改不了了。你那些野蛮愚昧的习性永远也丢不掉。你宁可像牲口一样睡在草上，我算看透了你。

她起初低着头、忍耐着，像干错事的小孩子。我的刻毒话越讲越多，骂得越来越起劲，她受不住了。她恼羞成怒，终于扑上来，跟我玩儿命。我们往往有这种情形：开始真恨不得你掐死我我掐死你，但打着打着，性质不知怎么就变了。这种肉体的冲撞摩擦从另一方面刺激了我们，就是说，情欲。动作里虽然仍是那么猛烈凶狠，但这只是表面现象，实质已经偷换了。我们两人都变得急不可待，一面咬牙切齿攻击对方，一面开始撕扯对方衣服。她踢我蹬我，似乎成了一种挑逗和激将。我简直像个土匪，跟着她渐渐温顺，脸上是极度的愤怒和极度的幸福并呈。然后，我们彼此低声地骂着粗话，结束了这场行动。我觉得，与正常的夫妻生活相比，这种行为更令她欢悦。她在这时表现出的激情，实在让我吃惊。

我们开始过活，吃、喝、睡、逗嘴、打架。她弄到一点儿米，就给我煮顿夹生饭；若弄到一点儿细麦，就做面条。她像捻牛毛绳那样，把面捻成条。那些面条被她越捻越黑，放在锅里一煮，我觉得它们一根根都是什么活东西。

能吃吗？我问她。她咯咯直笑，以为自己干了件了不起

的事。我灯也不点，稀里糊涂把那样的饭食吃下去。黑暗中，
我说，这房子多像个黑笼子。我还说，像坟墓。我们就死在
这里面，永无出头之日。她一点儿也听不出我这话的悲凉，
依然咯咯笑着说："我不会死。我死过哩，被狼叼走，吃掉了，
后来又活了。现在狼跟我很好，你忘了，那次你迷了路，狼
围住你，我一唱歌，它们就散开了。"

我说，你当我是傻瓜，会信这些？

她爆发一阵大笑，笑得跟平时异样。不知怎么，我浑身
起了一层鸡皮疙瘩。我一把拉住她，深吸一口气问：阿尕，
你到底从哪儿来？把你的来历老老实实告诉我。她一闪，笑着，
躲到我看不透的、更深的黑暗中去了。

他，托雷，找碴儿来啦。阿尕抱着膀子，看看何罗，又
看看托雷。"跟我走！你怎么跟他在一起，跟我走！"

阿尕说："哈？你从哪个狗窝来？长得倒真像个人。"

托雷盯着何夏："她是我的，把她还给我。"

何夏不吭声，正要去搬那袋盐。托雷走上去，抱起那足
有两百斤的装盐的麻袋，在店里走了一圈，然后轰地往地上
一放。他笑了笑，又旁若无人地在店堂里走了两圈，撮一撮
鼻烟，对着何夏张大嘴打了个大喷嚏。何夏一拳打过去，托
雷刷地抽出刀，猛一摆头，表示他不愿让女人见血。阿尕有
些怕了，扑上去拦腰抱住托雷，用头顶住他胸口。"托雷啊，

他是好人！你还不扔下刀吗？我也有刀，你跟我拼吧。有刀的杀没刀的，算什么东西？"托雷慢慢收起架式，抖抖肩膀。但他还不想马上撤，威风还没撒够。他把刀放到手背上，猛一扔，刀稳稳扎在木头柜台上。他反复玩耍这把锋利的凶器，一面微笑着看看阿尕，又看看何夏。

我正好不想干了。他们早看我干得太差劲儿，要把我调走。我说不用，我去当牧民。十分爽快地交还了这个四十八块月薪的饭碗。然后我彻底自由，托雷也别想用砸店来吓我了。我和阿尕在离河很近的地方支起帐篷。从此，我有充分的时间往河里跑。我的设计图已初步画好，我高兴地在草地上到处竖蜻蜓。

六

那时我哪里会想到惨败呢？

整整一年半，我往返于县委、州委，恐怕跑了上万里路，把我的设计图纸，像狗皮膏药一样到处贴。几百次向人复述设想，有了电，可以办毛纺厂、奶粉厂，方圆多少里会受益，等等。我想我那时的样子一定很像一个人——我爹。那种神

经质和不屈不挠的残酷劲儿。总算说服了他们。可谁想到结
局会那样惨。

现在想想，正是我要对尼巴它的死负责。一个很好的小
伙子，眼睁睁看他被河水吞了。这样的事在别处、在内地绝
不会发生，因为我的设计是显而易见的草率，稍有一点儿知
识的人都不会拿命往里垫。实际上，我是利用了他们的无知
和轻信，把他们蒙昧的热忱作为本钱，大手大脚地投入自己
破绽百出的设计。我到死都不会忘记，尼巴它落水之前，还
朝我无限信赖地笑笑。他怎么也想不到，那是我送他去死。

"你不晓得，他一直跟我别扭。那时他一口答应把你调回
来……"明丽阴郁地说。

"他就用这个钓饵把你钩上了吧，这位军代表？"他嘿嘿
地乐。

"他早转业了，现在在公安部门。"

"一定训练有素吧？放心，那他也打不过我。"

"你又要打架？"

"啊！好久不打了，真想找个人打打。"他又嘿嘿直乐，
"你老实讲吧，想不想真跟他离了，再嫁我？不吭气？那就
是不想。"

杜明丽眼泪汪汪，看着这个拿她痛苦取乐的人。

"你不想离婚，那我就不打他了。想想我这辈子也打了不

少人，够了。那个工段长，现在不知怎样。大概退休了。他太恶，我爹要死了，他不准我回去……"

"是你自己不愿意回去。"

"是吗？那我记错了。可后来我后悔了，夜班上了一半，我想我还是回去看看，老头毕竟是我亲老子，连你这个未过门的儿媳妇都去奔丧了。我去敲他门，他喝了酒刚睡。我好说歹说他就是不准我走。我那时心理状态已经失常了，两个月前，我妈和三个妹妹刚死，我大概从她们死后神经就错乱了。"

"对，我记得你那时成天闷声不响。"

"工段长也是个烈性马。我骂了他一句，他就冲上来，仗着酒劲，我胸口上给他搔掉一块肉。"

杜明丽说："你怎么现在才告诉我？他先动手，当时你讲清是不会判你的！"

"当时，"何夏笑道，"我就巴望他们把我毙了。"

杜明丽说："那就是我家阳台。你一定要跟他谈吗？"

何夏说："明丽，你和他有没有段挺幸福的日子？"

她犹豫一会儿："他为了我从部队转业的。"

"他很爱你？我知道，不爱就不会吃醋。你们有过挺好的一阵，那一阵你差不多忘了我。"她想辩解，他却又抢先说，"没关系，还是忘了好些。"

"还是别跟他谈。你想想，有什么话可谈呢？"杜明丽拉住他。

"别怕,"他像要搂她,但又改变了主意,"你瞧着,我不会怕他。"

我这辈子怕过什么?我并不像表面上那样无所畏惧。我怕过许许多多东西,比如说,尸体。

我万万没想到一个人会如此走样,像老大一堆肉,明晃晃不断颤动,任人宰割。尼巴它大概是七天以后才被冲上岸的,那是一九七三年的八月,那里的八月总是汛期。先是几条狗发现了他,它们企图把他拖回村去。他被泡得十分富态,宽大的袍子被胀鼓鼓的肉撑满。大家上去搬他,一碰,他就淌出酱油似的血。

阿尕不准我走近他,她逼我走开。我从她惊慌失措的眼睛里,已看到我的劫数,我逃不了啦。

人们开始看我,他们渐渐聚拢到一块,目光阴沉可怖。他们似乎刚刚发觉,他们的地盘上怎么多出一个外乡人来。我也纳闷儿,这个貌似人烟寥寂的草地上,怎么突然冒出这样一片黑压压的人群。他们排山倒海一样向我紧逼过来,我没有退路,孑然孤立。这外乡人愚弄了我们,那河里有鬼!他故意断送了我们的人的性命!把他捆起来,杀掉。我们这里从来都和睦安宁,是他把灾难带来的。来呀,宰了他。把他那个聪明的脑瓜敲碎,让他那张能说会道的嘴吐血。他怎样花言巧语欺骗我们来着：每个帐篷里，都会有个小小的太阳！尽管我在众多眼睛里寻见了星星点点的同情和体谅，但大趋势已改不了了。这种时候，他们有的只是一脉相承的默契。

我看见一模一样的人连成一片，面孔表情全部一模一样。连在一起，是一整块黑色，遮天蔽日。天幕上，出现一个巨大的阴影，我看不清他的面容，只感到他咄咄逼人地向我压来。

许多人的窃窃私语渐渐变成了低吼。他们摩拳擦掌，每人佩饰在身上的古钱吊发出闷响。我对自己说：来了！小子。我触怒了他们，他们啸聚一起，结成一股无可阻拦的力。我死到临头了。我想把多日来的反思与懊悔对他们倾诉，把道理讲清，还想对这连成一体的人群说：抱歉，乡亲们，我由于经验不足给你们造成了损失，我不是成心的，再给我一点儿时间，让我来赎罪、弥补它，请相信我的真诚。但是，这时，这一切都只能是徒劳。

托雷头一个蹿上来。我理解，小伙子，你的朋友死了，你要报仇。还有还有，还为阿尕，你这一下打得真狠，我要不是吃这几年肉，这一下就得让我死个球了。

一根木棒砸在我头上，我的鼻梁仿佛发出一阵断裂声。我倒下了。

我脸上鲜血纵横，眼前一片红晕，这群黑色的人在我的血雾中跳舞。

阿艮不断发出疯狂的尖叫，她东奔西突、扒开人群。她
用指甲去挠，在那些脸上、胳膊上，用牙咬。他们这样恨他，
她至死也不能理解。这恨可怕极了，自从他来到这里，恨就
隐藏在他们的血肉之中，就像畜群对因迷途而误入这片草地
的外来牲口那样盲目而本能地恨。

她穿过人群，已像被拔过羽毛的鸟。她几乎赤裸着，浑
身只挂了些破破烂烂的布片。她看见被许多脚踢来踢去的何
夏，整个脸不见了，成了血肉模糊的一团奇怪的东西。阿艮
忽然感到这情景绝不陌生，她早就在哪里见过，这扭曲的身
影、红白黑紫杂色的头颅，是在她梦里显现过，还是应验了
她曾经有过的幻觉，她无从证实。总之，她不感到特别吃惊。
她跟了秃姑娘十几年，游荡过不少地方，或许中了她的魔气。
眼前似乎并不是她头一次经历。接下去还将发生什么，她心
里已经有数：这一切不过是与她神秘的预感渐渐吻合。她知
道有个女子将跳上去，像只孵卵的猛禽那样衰弱而凶狠地张
开膀子。一个披头散发的美丽肉体，隔开一群黑色的围猎者。
她知道，那肉体将是她。

一点不错，事态正有待显现她进一步的预感。她看见自
己的肉体横卧下去，和那个垂死的外乡人黏合在一起，那肉
体发出她听不清的呻吟和呼唤。她知道下一步，拳脚和凶器
该向这个女子倾泻。她甚至连这个被她拼死救下的男人将如
何报答她都一一知晓：悲惨的结局，就在不远处等着她。

阿尕突然把何夏从怀里放下来，忽地一下站起。

我晕眩中，看见她完全失常的形象。她剪短的头发，蓬成一团。她胸脯袒露、忘乎所以。我听见轻微的一声金属声音，她抽出精致小巧的腰刀。她想用这小玩意儿征服谁，那是妄想。

她却把刀尖朝着自己："看见吗？这样！"她在她姣好无疵、正值青春的胸脯上划了第一下，"不要碰他！托雷，你走开！"她划了第二下，"走开！看见吗？"她一边划一边向前走，血沿着她沉甸甸的乳房滴下去。人群被她逼得渐渐退却，托雷嗷嗷地号着，伸开双臂将众人往后赶。"谁再碰他一下，我马上死在他面前！"

这具僵尸在这里瑟瑟发抖，泪水在他血肿的脸上乱流。我的阿尕，我的阿尕。

他被逐出了村子。阿尕带着自己的一小群羊、一头奶牛，跟他上了路。秃姑娘说："不会有好结果的，我昨天替你卜了卦，知道怎样吗？那头母羊用三条腿站着，你别跟那汉人走。"阿尕摇摇头："我是他的人啊，哪能不跟他走？"秃姑娘说："好，你看着。"她念了几句咒语，母羊果然缩起一条腿。"我知道我知道。"阿尕说。她还是随他走了。

他们沿着河一直走，走了许多天，前面开始出现雪山的影子，草地不那么明朗开阔，渐渐向山那儿收拢，河从那里流出来。阿朵说：“再往前走，就没草场啦。”

阿朵支好帐篷，把何夏从马背上背下来。她在帐篷周围砌了一圈泥石矮墙，这样雨水不容易侵犯帐篷。等何夏的脸消了肿，眼睛能开条缝时，他看见阿朵完全变成了另一个人。

“我老了，何罗，别这样看我，我晓得我已经像个老女人了。”她虽然“咯咯咯”地笑，但声音干燥、毫无喜悦。

快到冬天时，何夏复原了。这个疤痂累累的身躯，看上去竟比过去强壮十倍。几个月里，阿朵总跪在那里为他准备足够的食物。因为她预感到，他们永远的分离正在一步步迫近。

“阿朵，干吗做这么多吃的，又不是要出远门。”阿朵歪着头一笑，又唱起那支歌。

你到天边去，
我到海边去，
你变成了鸟，

我变成了鱼。
我们永世不再相遇。

何夏先是一怔，马上就哈哈笑着说：“阿朵呀，你这傻瓜，你想到哪儿去了？我离不了你，你也离不了我。这是缘分，用我们家乡的话说就叫缘分，小冤家。"

她抬头看着他，看得十分仔细。他变得这样丑，跟她幻觉中的形象丝毫不差。她摸着他浑身胀鼓鼓的肉块，那是她喂出来的。两年多来，她用血肠、酥油、新鲜带血的肉喂他，眼看他的皮肤下隆起一块块硬疙瘩。只有看见他白色的手心，才能相信他曾经多么俊俏灵秀。

她说："何罗，你好了，你行了，来吧。"她慢慢躺下，松开腰带，袍子散开来，露出她魔一般的雌性世界。

我不知道，那就是我们最后一次。

第二天早晨，我说我要去工作，阿朵拦住我说："还是到河边吗？"

"河要封冻了，我得抓紧时间。"

"你为什么还要去呢？"

"我吃了它的亏，是因为我没摸透它……"

她眼瞪着我，夺下我的棉袄。还没等我回过神来，她锋利的牙"咯吱咯吱"，把棉袄上所有钮扣全咬下来。我给了她一巴掌，她也毫不客气地给我一巴掌。"从今以后，我求求你，再不要想那条鬼河。我告诉你，那是条吃人的河！"

我不屑理她，找根绳子把棉袄捆住。她从后面抱住我。告诉你，她现在可不是我的对手，我一甩，她就到五步以外去了。阿朵，这怪谁，你把我养得力大无穷。

她不屈不挠，再次扑过来，抱我的腿，狠命用手拧我腿上的肉。

"何罗，你听我说……"

我实在疼坏了，一边听她说，一边猛扯她头发。

"别做那蠢事了，不会有好报应的！让他们永生永世摸黑活着吧，这里祖祖辈辈都这样，这是命！"说到"命"，她咬牙切齿。

"阿尕，你再也不想那个小小的太阳了？"

"呀。"

"你喜欢黑，是吗？"

"呀。"

"你就像畜生一样活着，到死？"

"呀。"

我彻底地孤独。我在被逐出村子时也没感到如此之深的孤独。人所要求的生存条件很可怜，可怜到只需要一个或半个知己，能从那里得到一点点理解就行，这一点点理解就能使他死乞白赖地苟活着。

请看我这个苟活者吧。他傻头傻脑、煞有介事地干了几年，结果怎样呢？不过是在自己的幻想、自己编造的大骗局里打转转。这一大摞纸，是他几年来写下的有关这条河的资料，还有几张工程设计图纸。尽管多年后他对那幼稚的设计害臊得慌：那种图纸送掉了一个小伙子的性命。但那时，这堆纸就是他的命根。

阿尕看着它们，咕噜道："撕碎它！烧掉它！"

"你再说一遍？"我狞笑着。

"统统撕碎！"

"你敢吗？"

她挑衅地看我一眼，闪电似的抓起那卷图纸。

"你敢，我马上就杀了你！"我张开爪子就朝她扑过去。这一扑，是我的失策。她是不能逼的，一逼，什么事都干得出。只听"哧啦"！老天爷。

"为了它！为了它！全是为了它！流血，流那么多血呀！"她的双手像抽风一样。一会儿，地上便撒成一片惨白。

我不知我会干些什么，只觉得全身筋络像弹簧那样吱吱叫着压到最顶点。她黑黑的身形，立于一片白色之上，脸似乎在笑，又似乎在无端地龇牙咧嘴，露着粉红色的牙床。她以为她这么干彻底救了我。我头一次发现这张脸竟如此愚蠢痴昧。我不知举起了什么，大概是截挺粗的木头，或是一块当凳子坐的大卵石。下面就不用我废话了。

她倒下了，双手紧紧抱着一条腿。我到死也会记得，她那两束疼得发抖的目光。

以后的两天，我再也不看她一眼。她最怕我这种高傲而轻蔑的沉默。我用沉默筑起一道墙，她时时想逾越。她抱着伤腿，艰难地在地上爬来爬去，煮茶、做饭食。我那时哪会知道，她的腿已经被我毁了；我更不知道，她腹中已存活着一个小东西——我的儿子。

第三天，下头一场雪了。天麻麻亮时，我醒来，见她缩在火炉边，正瞅着我。我在毫无戒备的熟睡状态下被她这样瞅，真有些心惊胆寒。我想她完全有机会把我宰了，或像杀牛那样，闷死它，为使全部血都储于肉中。我翻身将背朝她。一会儿，我听见她窸窸窣窣地爬过来，贴紧我，轻声说："何夏啦，我死了吧！"

我厌恶地挪开一点儿，她不敢再往我身上贴了。她说："我晓得，我还是死了好……"

我头也不回，又轻又狠地说："滚！"

她不作声了，我披衣起来，就往门口走。她黑黑的一团，坐在那里，僵化了。这个僵化的人形，竟是她留给我最后的印象。

我揣着她做的干酪，在雪地里闲逛一整天。河正在结冰，波浪眼看着凝固，渐渐形成带有波纹的化石。等天黑尽时，我往回走，远远看见帐篷一团浑黄的火光。不知怎么，我忽然感到特别需要阿尕给我准备的这份温暖，我要跟她和解。好歹，她是个伴儿，是个女人。我钻进帐篷——至于我迈进帐篷看到了什么样的奇境，我前面似乎已有所暗示。

门打开后，杜明丽的丈夫惊异地看着这个高大的怪物。这就是何夏，还用问嘛。他客客气气地请他进屋，胡乱指着，让他坐。明丽始终躲在他的荫庇之中，见丈夫并没有决斗的劲头，心里不禁有几分幸灾乐祸。

两个女儿见有客人来，非常懂事地轻轻跑了，明丽替她们把那架十二英寸黑白电视搬到隔壁，她听见丈夫问：

"听说何夏同志搞的那个水电站规模蛮大？"

"不太大，只有几万千瓦。"

"您的事迹我在不少报上看了，真了不起……"

何夏没答话，杜明丽有些紧张了。

"明丽也常谈你的事。"

何夏仍不说话。

"那个水电站竣工了吗？"

"一九八〇年才能竣工。"

"还有两年呢。那你不回去了吧？"

"走着瞧吧，待腻了我没准儿还要回去。"何夏说，"我想来跟你谈谈明丽的事。我们二十年前的关系你早就清楚，明丽是诚实的女人。"

杜明丽紧贴着冰凉发黏的墙。

"实话告诉你，我现在根本不爱她，根本谈不上。"何夏说。

"不过，"何夏站起来，"假如你待她不好，动不动用离婚吓她，那你可当心点儿。"说完，他就走了。杜明丽慢慢走到丈夫面前，见他还云里雾里地瞪着眼。

我瞧不上明丽这种平淡无奇的生活，就如她无法理解我那些充满凶险的日子。我像牧羊的苏武,如今终于光荣地回来了。都市的喧嚣与草地的荒芜,在我看来是一回事,在那个超然与纯粹的境界中,只有阿朵,站在我一边。我已经走出草地,与那里遥隔千里,而她的气味与神韵无时不包围着我。我知道,她不会放了我、饶过我,我和她不知谁欠了谁的债,永远结不了。

或许,这账得留给儿子去结算清了,儿子知道他母亲当年怎样拖着残腿、拄着木棍,一步一回头地离开了咱家的帐篷。那时他还是个小肉芽芽儿,附着在母亲的腹腔里,所以母亲肚里的苦水多深,他最清楚。我走进帐篷,看见阿朵不见了。

然后,猜我看见了什么?油灯光环中,我看见那些撕碎的图纸,每条裂缝都被仔细拼拢,一点一点精致地贴合了。密如网络的裂纹,使图纸显出一种奇异的价值。我等啊等啊,傻等着我的阿朵归来。可她做完这一切,就不再回来了,这撕碎又拼合的纸上,曲曲折折的裂纹,便是记录我们整个爱情的象形文字。该明白了吧?你这傻瓜,什么都晚啦。

我找过她,我常常在夜里惊醒,跑出帐篷,狼哭鬼嚎一样叫着她的名字。有时,我忽然听见她在我很近的地方唱歌,有时我在帐篷某个角落发现几根她的长头发,我感到她没走远。

我在杳无人迹的地方独自过活。我没有冬屋子,有时大雪把帐篷压塌。我与牛羊相依为命,吃它们,也靠它们安眠。

我不懈地工作，整条河的水文调查资料在我帐篷里越堆越高。直到有一天，我认为行了，已经无懈可击了，才背上它们一趟趟往城里跑。

我知道她从来未远离过我。帐篷门口，她常留下一摞牛粪或一袋糙米。有时我起来挤奶，发现牛的奶子空了，一桶奶已放在那里。这时，我就疯疯癫癫地四处找、喊。对着一片空虚大声忏悔，或像娘儿们那样抽泣不已。我知道她一定躲在哪里，虽然草地一览无余，但她有办法把自己完全藏匿，倔强地咬着嘴唇，不回应我的呼喊。她紧紧捂住耳朵，拼命地逃，要逃避我的召唤。她绝不受我的骗，绝不被我的痛悔打动，她——受够了。

但她爱我，我也刻骨铭心地爱她。我们就像阴间和阳间的一对情侣，无望地忠于彼此。

一次下雪的早晨，我走出帐篷，看见门口堆放着牛粪饼和一块冻硬的獐子后腿。我终于看见她清清楚楚的脚印。那双北京出产的塑料底布鞋，花纹还十分清晰，证明鞋仍很新。一看便知，那是个残废人的足迹，有只脚在雪地上点一步，拖一下，雪被划出断断续续的一条槽。还有拐杖，它扎出一个个深坑……你看见了什么？是一个孩子的脚印吗？

那些小脚印一会儿在左，一会儿在右，很不均匀。它一直相伴着母亲。我跪到雪地上，猎犬一样嗅着这些小脚印，用手量它，在那浅浅的脚窝里摸来摸去。从它活泼顽皮、强健有力的样儿来看，我断定这是个儿子。我看见了我两岁的儿子，他蹒蹒跚跚，跟着母亲，从帐篷缝隙中，偷偷看望这个坏蛋，据说这个外族坏蛋是他父亲。

也许是个女儿。不，我拒绝女儿。难道我不愚昧？一个中国北方男人传统的愚昧使我对着那行脚印痴呆无神地笑了。传宗接代的渴望使我武断地给这些小脚印定了性别。从此我相信我有个结结实实的儿子。

我往前走了三四里，又看见马蹄印。阿尕把马停在这儿，怕我被马蹄声惊醒。还用说吗？沿着这些足迹，我就能找到他们……

我找到了那座房子。叫秃姑娘的老太婆居然还活着，已干缩成一个多皱的肉团。

她看看我，她眼角发红，严重地溃烂了。她招招手，叫我走近些。"你是谁？"她问我。

"阿尕在哪里？"

她用几种语言咕噜了一大串。大致意思是：在这个地方你随便碰上个女人，她都可能叫阿尕。

我恨透这个装神弄鬼的老巫婆。"我是问你，那个姑娘，过去一直跟你住在一块的！"

"有一百个姑娘跟我住过。现在都——"她对着我脸忽然吹了口酸臭的气。

"那就你一个人喽？"我还企图启发她，"你过去身边不是有个女孩？"

"女孩？"她眼珠转了转，"我在河边捡到一个死女孩，后来她又活了。"

"她就是阿尕！"

"胡说，没有阿尕这个人！"

我跨出她家门槛时想，这老婆子是个活妖怪。后来大坝开工，那是一九七八年。离阿尕失踪，已整整五年了，汽车头一次开到这片土地上。许多人跟着汽车跑、尖叫、欢跃。他们都将是受聘的民工。我突然看见人群里有个熟悉的女性面影。我大叫停车，然后连滚带爬逆着人流寻找。一边喊："阿尕！"

我一直追到人群末尾，感到有人扳住我肩膀。我一看，是托雷。

我们相互看了好一会儿。我想，这大概就算是和解了吧。他在我背上拍了拍，便转身走了。"托雷！朋友……"我用很纯的当地话喊，他在远处转过身。

"刚才，你看见阿尕没有？"我问。

他的眼神变得古怪："阿尕？谁是阿尕？"

我竭力形容、比画，我相信我已描绘了一个活生生的阿尕，分毫不差。眼泪憋在我奇丑的鼻腔里。

"没有，这里没有这个人，从来没听说过。"我想追上去，但我知道那是没用的。之后的日子，我仍不死心，向许多人

花 儿 与 少 年

打听，但回答都是一样的：没有阿尕这个女人，从来没有我所说的那个阿尕。我觉得他们并没有撒谎，他们没有撒谎的恶习。

阿尕没有走远，我依然认定她就在我身边。只是我看不见她。水电站一天天壮大着，阿尕却无处去寻，草地还那样，没有脚印，没有影子。

水电站的最后一期工程不再需要我，我急不可待地收拾家当，打点阿尕留下的一只牛皮口袋。我并不向往都市，但我势必回去。我对这里一片情深，这不意味着它留得住我。

我和阿尕的悲剧就在于此。

我一定要找到她，哪怕她真的是个精灵。我要对我们的那段不算坏的日子做个交代，再看一眼我的儿子，就掉转身来，头也不回地走掉。那片土地在我身后越来越宽大,她站在那头,我站在这头。她想留下我,一起来度未尽的生活,可那是办不到的。我将狠狠告诉她，那是妄想。别了阿尕，我无法报答你的多情。

然后，我就渐渐消失在草地那一弯神秘的弧度后面。